Ernest La Jeunesse

les nuits, les ennuis et les âmes de nos plus notoires contemporains

nouvelle édition accrue
d'un avant-propos et de
soixante croquis de l'auteur

Librairie académique PERRIN et Cie.

ERNEST LA JEUNESSE

Les Nuits, les Ennuis et les Ames de nos plus notoires Contemporains

Nouvelle édition accrue d'un Avant-Propos
et de soixante croquis de l'auteur.

PARIS
LIBRAIRIE ACADÉMIQUE
PERRIN ET Cie, LIBRAIRES-ÉDITEURS
35, QUAI DES GRANDS-AUGUSTINS, 35
1913

IL A ÉTÉ IMPRIMÉ

16 exemplaires sur papier des Manufactures impériales

du Japon, numérotés de 1 à 16

et

25 exemplaires sur papier de Hollande Van Gelder,

numérotés de 17 à 41.

Les Nuits, les Ennuis
et les Ames
de nos plus notoires
Contemporains

DU MÊME AUTEUR

L'Imitation de Notre-Maître Napoléon. 1897.
L'Holocauste, roman. 1898.
L'Inimitable, roman. 1899.
Demi-volupté, roman. 1900.
Sérénissime, roman. 1900.
Cinq ans chez les sauvages. 1901.
L'Huis clos malgré lui. 1901.
Le Boulevard, roman. 1906.
Le forçat honoraire, roman. 1907.

POUR PARAITRE PROCHAINEMENT :

L'épée au fourreau, roman.
Les Ruines, pièce en quatre actes.
La Dynastie, pièce en quatre actes.
Un peu d'immortalité.
Les franges du crime.
Spectacles subis.
Mots en l'air.
Le chien jaune et la cheminée.
Le Fossé de Bethléem.

E. GREVIN — IMPRIMERIE DE LAGNY

ERNEST LA JEUNESSE

Par Pedro Zonza-Briano, Paris 1912.

AVANT-PROPOS

Dix-sept ans après !

C'est avec une émotion profonde et mélancolique...

Un peu de calme, mon cœur ! Nous faisons de l'histoire.

Voici un livre quasi légendaire et fatal qui vient chercher un nouveau destin : hélas ! beaucoup de ses héros s'en sont allés dans une éternité relative — et c'est une revue des ombres que passera le lecteur bénévole. Il a fallu, en outre, que des exercices plus jeunes groupent et assemblent des foules en liesse pour qu'on se souvienne de mes jeux et de mes vieilles folâtreries.

Et ce recueil est injuste et cruel : j'ai appris

1

à connaître et à aimer, quitte à les détester plus fort ensuite, beaucoup de ceux que j'avais jugés sur la mine, sur la mine de leur fantôme déjà ! C'est étonnant comme il y a de braves gens, dans les lettres ! Mais il n'est pas question de ça. Je me ferais un scrupule mortel de changer une syllabe à ce texte que je n'ai pas à juger et qui est si loin, si loin...

Et qu'y a-t-il de commun entre l'adolescent timide, fiévreux, dévoré d'ambition inquiète et d'orgueil famélique qui écrivait ces pages de marqueterie niellée, qui dévorait les gens et les œuvres pour ne pas s'occuper de son pain, et ce gros homme patraque et résigné, esclave du jour, du soir et des faits divers, proie banale des caricaturistes et des gens de revues, qui promène par les boulevards une silhouette trop familière et le pire sourire d'horreur?

Ombres d'au delà, ombres d'ici, vous êtes bien vengées, si vous aviez besoin de l'être ! Il me faut le grand désert de la nuit pour me retrouver, pour m'interroger, en compagnie, pour converser avec mes parents et amis qui ont quitté cette planète, pour me peser, tremblant, inconsistant et trébuchant, tout tiré par mes épithètes, par mon vain bagage d'anecdotes, par des plaisanteries sanglantes que j'ai négligées et qu'on ne néglige point, par les mille embûches, les cent mille pièges, les millions de pointes déchirantes qui donnent à Paris sa vie et sa beauté. Comme le calembour a, dans la dépression du cauchemar, une majesté particulière, je me répète ces vers de Verlaine :

> Oui, qu'as-tu fait, toi que voilà,
>   De ta jeunesse?

Évidemment, évidemment, je n'étale pas le sourire qui m'est généreusement prêté, — hideux ou sinistre, — par mes biographes. Mais je ne suis pas « en représentation », je suis chez moi, dans ma tristesse, dans mon navrement, tout faible et tout seul, n'ayant à moi que ma naïveté, car j'ai cru à tout et à tous. Ma subtilité n'est que de la souffrance, une prescience ou une divination en avant ou en arrière qui me mange le sang et le foie et qui se paie d'avance, sur ma bête. Et passer lon-

guement sans donner sa mesure dans le dégoût
des *à quoi bon?* connaître tour à tour l'oubli,
l'indifférence et la haine qui veille et ne dé-
sarme point, être rempli d'amour pour toute la
nature, pour toutes les créatures, pour tous
les couchers de soleil et avoir l'air d'un bouffon
gonflé, d'une vieille lune en décomposition,
d'un accessoire de cotillon ou de brasserie,
c'est peut-être pittoresque et incohérent, mais
ce n'est pas gai. D'autant que ça dure, que ça
dure!...

Eh bien! voilà que je vais écrire ma *nuit* à
moi, mes *ennuis :* c'est du propre! De la tenue,
camarade! On nous observe d'ici et d'ailleurs .
il faut *crâner*! Et qu'ai-je à réveiller mes destins périmés?

Il ne me faut que remercier MM. Perrin de
m'avoir demandé à rééditer ce livre qu'ils
accueillirent si courageusement, dans ma
pleine obscurité, et le voici, tel que je le leur
portai en février 1896. Je remercierai aussi,
parmi les vivants et les morts, ceux qui aimèrent
mes essais et qui m'ouvrirent le toril. Je cite,
au hasard de la reconnaissance, Gustave Lar-
roumet, Jules Lemaître, René Doumic, Teodor

de Wyzeva, Lucien Descaves, Fernand Vandérem, Édouard Drumont, Albert Le Roy,
Aurélien Scholl, Francisque Sarcey, Eugène
Lintilhac, George Bonnamour, Octave Mirbeau, Maurice Barrès, Jean Lorrain, Arvède
Barine, Édouard Rod, Gaston Deschamps et
tant d'autres, que j'ai dans le cœur sinon dans
la mémoire. Aux témoignages publics s'ajou-
taient les témoignages privés : presque toutes
mes victimes, — pardon, mes modèles! — se
baignaient dans l'orgueil et la joie. Si Coppée
écrivait que, de son temps, toute la jeunesse
ne s'appelait pas Ernest, il en avait aussitôt
un regret et m'accordait une amitié que je lui
garde encore, avec un respect ému. Zola ne
me passa pas le diable. Qu'il le garde!...

Mais vais-je remuer des poussières ?...

Ce recueil ne m'appartient pas. Je ne le
relirai même pas. J'ai pu changer d'opinion
sur celui-ci et celui-là, et les années seules
qui m'ont chargé à la baïonnette depuis près
de quatre lustres suffiraient à amollir ma férocité, à aigrir ma tendresse, à me faire douter
de mes libres opinions de jeunesse fiévreuse
et fière...

C'est cette silhouette maigre, torturée et souriante que je veux, que je vais retrouver. C'est ce philosophe amer sur lequel n'a pas encore mordu la vie qui va me prendre par la main et me faire faire un nouveau pacte avec l'existence, le travail, la méditation, et, — du courage, mon Dieu ! — avec la gloire !

ERNEST LA JEUNESSE.

Novembre 1912.

PRÉFACE

———

M. Benoît de Spinoza est, de l'avis de quelques-uns, aussi peu notre contemporain que M. Charles Vignier est notoire. De plus, s'il est avéré que, à la date qui précise — pourquoi? — la Prière d'Anatole France, l'auteur des *Poèmes dorés* pouvait fort bien (car il était malade) se juger sincèrement, sans mollesse et sans une sévérité orgueilleuse, il est plus probable qu'il préférait — en son humilité — geindre et quémander des tisanes modernes. Quant aux autres hommes qui, en un tumulte dolent, en une grise théorie de soupirs et de pleurs, viennent, à l'improviste, révéler la beauté saignante de leurs âmes, ils ont tout rétrospectif loisir de n'avoir tenu aucun des propos que mon éloquente indulgence leur prête. Que tels poètes se soient — par hasard — abstenus de fré-

quenter à leur café, se soient — par extraordinaire — laissé écrire des chefs-d'œuvre ou — qui
sait ? — des vers, c'est affaire entre leur Passé et
eux, et cela n'importe guère : ce *livre sera cependant le livre qui, le plus strictement, le plus outrageusement, respectera la Vérité*. Et, respecter la
Vérité, c'est une attention, une gentillesse insuffisante. Car la Vérité en qui Jean-Jacques dis-
cerna une matière à vignettes, en qui M. France
crut trouver un jouet délicieux, c'est une déesse
qu'il faut savoir courtiser et qui aime à souffrir
des étreintes et des caresses, nonchalamment. Et
le mythe n'est pas menteur qui la montre sortant,
nue, de l'ombre de son puits ; mais n'a-t-elle pas
pour la vêtir, pour varier sa splendeur et sa simplicité, l'or menu du soleil ou l'argent des étoiles
et les perles de l'eau qu'elle n'oublie pas encore
et l'envol de ses cheveux, les reflets changeants
de son regard : et du miroir que lui offrent des
estampes elzéviriennes, de son image silencieuse-
ment projetée sur sa beauté et qui allume en ses
yeux une flamme plus pure, qui fait luire en son
sourire une plus lente mélancolie, jaillissent des
parures nouvelles, plus subtiles, moins fragiles
et moins misérables que les parures terrestres. Et,
de la mousse, de la joie de la verdure, de la langueur du ciel, de la tristesse violette des arbres,

de nos fièvres, naissent des voiles qui flottent, qui s'éplorent et qui s'épandent. Et la Vérité, malgré sa majesté, malgré sa grâce, se présente à nous en esclave : c'est à nous d'en faire ce que nous voulons, c'est à nous de la travestir, de la réduire à notre pauvreté, de la voir à travers notre bassesse et notre horreur, à travers la modestie du moment, de notre condition et de la vie — ou de la voir telle qu'elle est. C'est un devoir et c'est un bonheur pour nous que de ne la point dépouiller de sa noblesse et de ne pas priver de cette noblesse les moins nobles spectacles. C'est une question de lunettes. Il faut choisir les verres qui nous serviront à contempler — ou à ne pas contempler — l'univers, les choses, le ciel et les Dieux. Et c'est ainsi qu'on se crée un monde habitable et des contemporains que, en pensée du moins, on peut visiter de temps en temps; c'est ainsi qu'on se garde de l'ennui, de la désespérance, de l'élan — sans danger — vers les nuances contestées de l'Idéal qui firent pousser à M. de Musset ce cri qu'excuse seulement la volupté d'avoir signé une facile riposte :

Rien n'est vrai que le beau.

Cette complaisance pour le présent n'interdit

point les conversations avec les fantômes falots de
ceux à qui la Mort et les siècles ont accordé sur le
tard quelque vertu et ce sont (*optimi consultores
mortui*) — nos amis les plus sûrs. Mais ne pou-
vons-nous pas, en nos bons jours, envelopper les
vivants dans les manteaux des morts, envelopper
leur néant en la force de la vie des trépassés? Et
pourquoi n'avoir pas la politesse de prendre M. de
Vogüé pour Ballanche, M. Schwob pour l'abbé de
Marolles, ou M. Moréas pour Sully-Prudhomme?
Mon petit voyage est un petit voyage sincère,
d'une demi-sincérité bien supérieure à la sincérité
vulgaire (?), d'une vérité bien supérieure à la
vérité courante, puisqu'elle n'est pas la vérité de
tous. Et la puérilité, la monotonie de l'affabula-
tion m'enchante : j'aurais pu donner simplement
— simplement? — mon avis sur chacun des êtres
qu'on va voir apparaître : c'est par pudeur que je
ne l'ai pas fait : j'aurais été contraint de m'excuser
de parler de M. X... plutôt que de l'immortalité
de l'âme ou de moi-même et ç'auraient été des
phrases laborieusement embarrassées. Ces gens
s'entretiennent de leurs vertus : c'est leur droit et
ils s'en entretiennent discrètement, en famille, en
tête-à-tête ou en la tendre complicité de la solitude. Et ce n'est pas sur une scène, ils ne se pros-
tituent pas glorieusement en un théâtre : je convie

seulement le lecteur — illicite invite — à risquer
un œil en une fente imperceptible de la muraille
et à écouter battre son cœur, en un péché très
savoureux. L'étude perd peut-être de son âpreté
et de sa vigueur, au goût de quelques-uns : je
n'en crois rien. Ce sont des eaux-fortes qui, tout à
coup, se dégradent joliment en aquarelles, ce sont
des pointes sèches qui se fondent en pastels, ce
sont des figures au trait qui s'alourdissent d'ombres soudaines : ne vaut-il pas mieux chuchoter
que crier, insinuer qu'injurier? L'amertume est
peut-être moins nette et le mépris plus obscur,
les méchancetés demandent à être terminées par
la collaboration du lecteur — mais où voyez-vous
des méchancetés? Et pourquoi paraître cruel
envers ceux qui furent si chers? Il n'y a sans doute
pas un livre, une page des hommes que je vais
mettre en cause à qui je ne demandai pas des
ivresses, des leçons, des conseils et une hâte
vers la perfection. Je leur dois donc quelque
reconnaissance. Et si, d'aventure, une phrase les
touche davantage, un mot les blesse plus profondément, ils devront se dire que cette phrase, que
ce mot me vient d'eux et, par suite, est admirable.
Je ne leur demande pas d'aimer tout le livre : je
serai heureux s'ils jugent (le chapitre où ils
paraissent étant détestable, bien pis! médiocre et

mis à part) que le soliloque voisin ou le mono-
logue suivant n'est pas mauvais.

Et l'ambition de ce petit volume est plus haute :
j'écrirais volontiers comme Maurice Barrès de ses
Barbares (ou à peu près) : « *Ceci est un petit
roman réaliste.* » Ce que j'analyse, ce ne sont pas
seulement les sensations de MM. Loti, Lorrain,
Daudet, ce ne sont pas seulement leurs états d'ès-
prit et leur mauvaise humeur, ce sont mes sensations, mes états d'esprit et leur mauvaise humeur :
c'est une monodie. Cela ne m'empêche nullement
de faire vrai, et il faudrait quelque hardiesse pour
mettre la prière de France dans la bouche de
M. Loti et pour offrir à M. Hervieu les mots de
MM. Daudet. Et ce n'est pas une fâcheuse mégalo-
manie qui me revêt un instant de leurs palmes et
de leurs croix. Ce que j'aime en eux, ce sont leurs
faiblesses, c'est leur misère et je me plais à m'humilier en eux, à me flageller en eux, à me cou-
ronner de leurs épines, à m'ulcérer de leurs plaies.
Et j'éprouve cette suprême volupté de goûter, en
ces pures tortures, le châtiment de leurs fautes,
sans avoir eu la fatigue de commettre ces fautes.
Est-ce un dévouement un peu bien indiscret? Et
il n'est pas besoin de relier par des airs de flûte,
par des gloses ou des symboles les diverses pièces
de ce recueil. Elles se suivent, s'unissent parfai-

tement, s'éclairent l'une l'autre, et forment un
tout complet... Croyez-vous? Et n'est-ce pas là
une excuse pitoyable? L'auteur voudrait-il ne pas
paraître avoir écrit des choses un peu aiguës, un
peu subtiles, un peu âpres et un peu timides, un
peu obscures et un peu jolies — sans plus? Ou
aurait-il désiré composer un traité de la Liberté,
se délivrer, délivrer les jeunes hommes de cette
époque de maîtres délicieusement tyranniques, et
les obliger doucement, en dépouillant de leur
prestige leurs idoles — ou en les faisant cesser
d'être odieuses, — à devenir eux-mêmes, à se
révéler à eux-mêmes — ce qui serait d'ailleurs
une tâche difficile.

Et pourquoi s'arrêter à cette question?

Ce livre n'est ni un livre de haine, ni un livre
de mauvaise foi, ni un livre de flagorneries. Des
sourires y glissent et des voiles et des cheveux de
femmes, des soupirs y courent et des rêves y
meurent. Et ce sont des contes, des contes très
vieux, très naïfs et très fantastiques : on y pleure,
on s'y confesse, et, dans les airs, tout près, passent
des anges et des saintes, des spectres, la Douleur
et la Mort.

Et il est temps de m'effacer derrière de plus
illustres créatures, d'attendre, puisque, de plus en
plus, le génie est une longue patience, que le génie

me vienne paresseusement et de continuer à me
demander — sans me répondre — si je vois bien,
si je suis bon, si je suis libre, si je m'estime et si
je m'aime.

LA PRIÈRE D'ANATOLE FRANCE

A M. B., Vénitien.

Maurice Barrès.

LA PRIÈRE D'ANATOLE FRANCE

25 décembre 1894.

M. Anatole France laissa errer un moment ses regards sur les livres qui, silencieux, étageaient leur vanité, sur les sourires éternels des portraits, sur la rigide mollesse des statues — et il soupira.

Dehors la foule marchait doucement, en la tristesse indulgente du soir.

Et la caressante inquiétude qui gagnait toutes les âmes ne respectait pas l'âme de M. Anatole France.

Il chercha par delà ses tableaux et ses bustes quelque chose qu'il ne trouva point; il remua

2

quelques papiers, balança une plume, puis, avec un geste de résignation et de résolution, tomba à genoux.

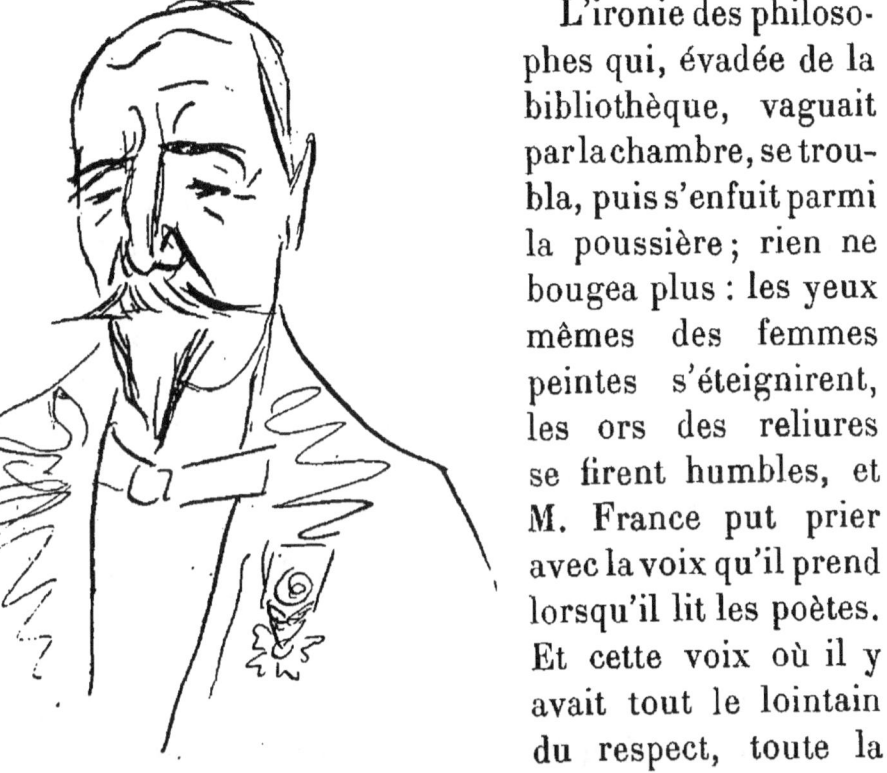

L'ironie des philoso- phes qui, évadée de la bibliothèque, vaguait par la chambre, se trou- bla, puis s'enfuit parmi la poussière; rien ne bougea plus : les yeux mêmes des femmes peintes s'éteignirent, les ors des reliures se firent humbles, et M. France put prier avec la voix qu'il prend lorsqu'il lit les poètes. Et cette voix où il y avait tout le lointain du respect, toute la subtilité des baisers tenta de convaincre, de sé- duire les cieux.

I

« 1. — A cette heure, dit-il, où tu souffris pour nous donner un Dieu, je veux t'adorer, Vierge- Mère. A cette heure où, de la houle prosternée des églises, un chant d'amour — trop attendu — monte vers toi, je veux te supplier le plus humblement possible et te dire ma passion pleurante.

2. — Et je te remercie de me permettre cette oraison.

3. — Ah! ma Dame! Ah! Mère, je suis un malheureux pécheur! Me pardonneras-tu jamais mes fautes, souriras-tu à mon néant? Mère, mère, j'ai vécu parmi le péché : j'ai noyé mon âme en toutes les horreurs profanes, j'ai trouvé de la beauté à ceux qui te niaient, j'ai admiré ceux qui rejetaient avec mépris la douceur de ton nom et de tes yeux.

4. — Et cependant j'aurais voulu vivre en un éternel tête-à-tête avec toi, et, en la splendeur païenne de la chambre où je t'implore, je regrette sans la connaître, sans devoir, hélas! la connaître jamais! la somptueuse nudité des cieux.

5. — Ah! qui me donnera la robe du moine et l'orgueil nécessaire pour m'en revêtir? Grottes, cavernes où l'esprit divin vient visiter les hommes, cachots où l'on ne quitte les fers que pour s'élancer parmi les anges, lions aimables qui, d'un coup de dent, faites les saints, pourquoi m'avez-vous refusé tout votre charme, toute votre beauté?

Hélas! voici que je vais vieillir, mélancolique, parmi des textes trop secourables et des dames trop enthousiastes!

6. — Et la vanité du monde saura continuer à me toucher.

7, — Mère, mère, puisqu'en cet instant je m'a-
bandonne à vous, puisqu'en cet instant je crois
en vous, éclairez-moi, conseillez-moi, consolez-
moi! »

II

M. France, qui semblait très las, prit la posture
convenant aux gens qui vont être surpris par un
miracle.

Mais le miracle ne vint pas.

III

M. France fit alors un effort et continua :

« Oui, j'aurais voulu vivre dans un désert,
jouissant du mépris des hommes, avec tout juste
ce qu'il faut d'ouïe pour entendre vos louanges,
avec tout juste ce qu'il faut de voix pour chanter
votre bonté.

Votre miséricorde ne l'a pas permis.

Elle m'a condamné à l'admiration publique, elle
a obligé mes oreilles à se plaire au rythme des
mers, au bruissement des vers, elle a obligé ma
langue à approuver, à célébrer tout d'une égale
mélodie, elle ne m'a même pas accordé le privi-

lège de savoir aimer, de savoir goûter la douceur, la sainteté de la misère.

Et je vous bénirais, ma Souveraine, pour toutes ces infortunes que vous m'avez infligées, si vous n'y aviez ajouté une torture plus grande, une torture atroce. Hélas! vous m'avez soufflé l'impiété et le doute et vous me laissez m'acharner en mon erreur. Vous m'avez prêté de la grâce, de la persuasion et la moins détestable rhétorique pour incliner les hommes à la caresse du scepticisme, pour ôter à la Vertu toute son auréole de majesté et d'âpreté.

Et j'ai semé pour tous la terre de plaisirs et de faciles délices; j'aurai voilé son horreur, j'aurai détourné de vous des cœurs douloureux.

Hélas, hélas! je vous aime et j'ai prêché l'ignorance de Dieu, j'ai enseigné les sourires d'irrespect, et, lorsque je louais les saints, aux accents de ma lyre, de mon théorbe liturgique, se mêlait je ne sais quel air de flûte persifleuse. Hélas! hélas! je suis maudit! »

IV

M. France se lamentait avec patience. Il s'arrêta ici un peu malgré lui : des mots lui montaient aux lèvres, des mots qu'il sentait agréables et qui, en leur tristesse, l'auraient enchanté lui-même.

Mais une angoisse, une attente interrompait son
éloquence désolée.

L'apparition était proche.

Le poète ferma les yeux pour n'être pas tenté,
pour ne pas regarder ses livres, ses statuettes, ses
papiers qui le suppliaient, qui le requéraient.

V

Quand il les rouvrit, une belle femme était
devant lui qui secouait sa chevelure. Il la regarda,
stupide.

« Je suis celle que tu invoques, lui dit-elle. »

M. France ne se réjouit pas. Il devint plus mélancolique encore.

« Hélas! gémit-il, hélas! ce n'est pas vous
que j'implorais. Et, en l'immense volupté que
j'éprouve, pécheur, à admirer votre bienveillance
et votre éclat, se cache quelque amertume. »

— « Je te comprends », dit-elle.

Elle souriait.

« Ah! pauvre homme, tu pleurais tout à l'heure
tes impiétés et tes blasphèmes. Mais ne sais-je pas
que c'est par amour pour moi que tu blasphèmes,
que tu psalmodies ces impiétés? Ne sais-je pas
que, avec les pièces d'argent que tu tires de ces
airs de flûte, tu achètes mes images, celles surtout

qu'ont tracées, d'un pinceau fulgurant et humble, les Italiens des xive et xve siècles !

Et ces portraits, qui ne se ressemblent pas toujours, ne me ressemblent pas.

Tu aurais voulu que je descendisse d'un cadre de Raphaël ou de Luini : cela m'est impossible. »

« — Ce n'est pas cela, s'éplora M. France. Et je sens bien mon malhenr. Ce n'est pas là la Vierge qui apparut aux saints et aux saintes, qui éclaire les simples, qui affole Bernadette. Non, ce n'est pas elle. Et je vois que je suis indigne de contempler ainsi la Mère de Dieu. Celle que je vois est certainement une Vierge qui m'est particulière.

Et puisque je suis en une minute de foi, — je ne doute pas de sa divinité, mais je distingue qu'elle est trop belle et trop pure. C'est une Vierge qui vient de Bethléem en passant par Athènes, par Alexandrie et par Rome.

Hélas ! je crains de remarquer en elle le coup de pouce de Praxitèle, de Phidias, de Platon, de Virgile et de M. Renan. Ah ! Mère, si je vous apercevais à Assise ou en Bretagne, si vous n'aviez pas autour de vous ces méchants tableaux, vous seriez autre.

Hélas ! hélas ! ma joie n'est pas complète ! »

VI

Marie souriait toujours. Et, en son sourire, elle se transfigurait.

Quand M. France se risqua à la regarder de nouveau, il vit la Vierge des Pauvres, des Anges et des Saints.

Il la salua — sans extase. Cette fantasmagorie lui semblait déplaisante.

Mais la Vierge lui parlait — d'une voix plus douce que le murmure des étoiles.

« Mon fils, je t'aime autant que tu m'aimes. Pourquoi craindre? Rien ne nous est plus agréable que la prière d'un coupable. Et, de plus bas qu'elle sort, plus humblement elle serpente, parmi le parfum des fautes, des faiblesses et des crimes, avant de nous arriver, tremblante et ténue, plus elle nous attendrit.

La prière d'un saint est chose horrible! vainement elle se fait suppliante et obséquieuse : ce n'est pas un encens honteux qu'il nous adresse, c'est une flèche qu'il nous lance, c'est un brandon qu'il agite contre nous!

Ah! la belle semence de prières, la belle semence de pardons et de joie pour Dieu, qu'est la faute!

Ne pas pécher, c'est ne pas permettre à Dieu de

se montrer bon, c'est une insulte à sa mansuétude, à sa miséricorde, à sa grandeur ! »

Alors M. France s'abandonna à la clémence
du ciel.

Il frappa sa poitrine et dit : « Mère, j'ai
péché. »

La caressante indulgence de la Vierge lui devenait insupportable. Il avait soif de torture, et, s'il
avait été sûr d'être terriblement châtié, il eût
volontiers blasphémé — tant il se sentait indigne,
tant il aimait Marie.

Mais elle souriait toujours.

« Mon fils, dit-elle, je lis en ton cœur, et je
t'admire. En ce moment où tu te laisses — non
sans plaisir — consumer par le repentir le plus
chrétien, tu ne peux t'empêcher de reconnaître, de
découvrir, de chérir en moi le fantôme subtil
d'Aphrodite et d'Athéné. En moi tu n'adores pas
seulement la Mère du Sauveur, tu adores toutes
les Déesses, toutes les Femmes, la Femme, la
Beauté et l'Amour.

Ah ! tu me repoussais tout à l'heure parce que
je n'étais pas semblable à ton rêve, et maintenant
que j'ai satisfait ton désir, que je me suis montrée
comme tu me voulais, tu m'imposes un masque,
tu m'imposes mille masques avant de consentir à
apercevoir ma Beauté.

Ah ! combien je t'aime, mon Fidèle, et combien
ton humilité m'est précieuse !

Dieu, je te haïrais ; homme, tu m'enchantes. Et tu as bien voulu être homme. »

M. France s'abîma en une mélancolie plus profonde.

« Vierge, dit-il, ne m'accablez pas. Et puisque vous condescendez à déchiffrer mon cœur misérable, puisque vous m'éclairez, hélas ! sur des sentiments vagues et déplorables, voyez l'horreur que j'ai pour moi !

A genoux, en cette chambre solitaire, en la nuit secourable, mes plaintes s'échappent et me soulagent, et je puis, loin des yeux indiscrets, me montrer cendre et poussière dolente, faire monter vers le ciel mes sanglots.

J'ai maintenant le bonheur de pouvoir pleurer — je ne l'ai pas toujours.

Alors je me déplais infiniment et je songe à votre miséricorde, sans vouloir l'implorer, sans oser vous prier.

Et j'échappe aux hommes : leur sottise ne pèse plus sur moi : je n'ai plus besoin de plaisanter ou d'être grave, je ne suis plus un fragment d'un vaste monument de petitesse : exilé, je puis revoir ma patrie lointaine ; supérieur à la vie à laquelle je ne suis plus rattaché par aucun désir, je puis essayer de contempler, à travers une brume propice, une existence plus haute — et c'est celle de vos compagnons, Marie.

Pourtant, en ces instants, je ne suis pas encore

libre. Je suis possédé par la terre et je ne puis que l'oublier — sans pouvoir m'empêcher d'y rester enchaîné.

Ah! je médisais tout à l'heure des tableaux et des livres — et c'est mon recours.

C'est par eux que je vais vers vous.

Permettez-moi, Vierge, de chanter leur gloire.

Sources d'éternelle beauté et d'éternelle vie, morceaux de toile bigarrée qui êtes la Pureté et la Douleur, vous faites oublier les ouvriers qui vous formèrent et qui, passifs outils, mendiaient aux papes non une auréole, mais des ducats, qui mendiaient aux courtisanes des sourires.

Instruments de mélancolie, âmes vêtues de blanc et de rouge, je me tourne vers vous en ma tristesse, en mon néant.

Vous avez les yeux que je n'ai pu voir dans les foules, vous avez la force et la grâce, vous avez cette chose parfaite qu'est l'éternité dans la beauté, le silence et la mort. Ah ! souvent je vous demande de me montrer la Terre promise, le Royaume d'Irréel que nous n'osons souhaiter, et vous m'ouvrez les portes pâles du Rêve, vous écartez de moi les pas lourds du peuple et les poches lourdes des Riches.

Et vous, livres chers, livres muets, je suis sous la protection, sous la garde des génies et des sots qui vous ont composés ; je sens leur fraternité câline, leur bienveillance apitoyée qui me caressent et me consolent.

Vous n'êtes pas seulement du papier et de la rouille et les âmes de vos auteurs, embuées du souffle divin qui les effleurait lorsqu'ils vous écrivaient, viennent transfigurer cette chambre par leur présence et leur sympathie.

Amis épars, vous pleurez avec moi, vous pleurez sur moi, vous pleurez sur le monde. Vous aussi, vous avez été exilés en cette vie, vous n'avez pas eu cette part de sérénité et d'isolement qui vous était due, vous avez ri avec des imbéciles — et vous avez pleuré par eux.

Ah! Mère, permettez-moi de croire que vous visitez en même temps que moi ces compagnons discrets.

Vous savez maintenant l'angoisse de mes nuits et ma misère éternelle.

Ah! je me déplais à moi-même! »

VII

Le sourire de la Vierge était devenu plus lumineux et plus tendre :

« Non, dit-elle. Tu te plais infiniment et tes nuits sont calmes et belles. Si tu ne souris plus, tu prépares laborieusement tes sourires du lendemain.

Et, si tu déranges l'harmonie de ta bibliothèque, c'est pour y chercher non des âmes, mais des textes.

Puis, sans embrasser du regard l'étoile qui, en son éternité lassée, t'indique toujours, apeurée et clignotante, le bon chemin que tu ne trouves pas, dont tu n'as pas souci, tu chausses tes lunettes, et, scribe mélancolique, tu écris des histoires joyeuses.

Et je t'en remercie. »

VIII

Alors M. France s'écria en une ferveur amère :
« Vous m'avez donné toute l'horreur de l'impie et toute l'horreur du prêtre... »

Mais sa phrase se fermait, en une boucle harmonieuse. Et le blasphème s'arrêtait.

M. France répéta, plus sombre :
« Vous m'avez donné toute l'horreur de l'impie et toute l'horreur du prêtre. »

IX

La Vierge continuait :

« Ah ! mon cher enfant, qui pourra dire toute ton humilité ? Tu n'oses pas te donner l'ardente majesté de la Vertu, de la Foi, du Repentir : tu ne veux pas être Dieu et, si tu acceptes la splendeur du Verbe que je t'ai prêtée, c'est que tu ne sais pas qu'elle te vient de moi.

Tu condescends merveilleusement à l'horreur ténue du scepticisme, des petits défauts humains, tu en voiles la beauté saignante de ton âme, sa beauté que tu détestes, que tu te défends d'apercevoir, tu oublies les temps encore peu éloignés où, Dieu, tu as chanté sur la plus chrétienne et sur la plus pure des lyres la Pureté, la Chasteté, la grâce des jeunes vierges, la force candide des jeunes hommes, la Douleur, l'Innocence des petits êtres aux yeux encore embués d'éternité.

Et, tremblant sans doute de voir en ton cœur des flammes aussi nobles, d'entendre en ta gorge des hymmes aussi mélodieuses, tu t'es enfui loin de ces flammes, *loin de Ta Beauté*. Ah ! tu ne voulais pas être tenté, tu craignais la caresse du véritable, du seul Orgueil.

Et, alors que tu pouvais, que tu devais être un Ange-Apôtre, tu as voulu être scribe — par haine de la Vanité. Tu as été ton chemin, en une lenteur sûre, tu t'es écarté de mes autels pour aller à je ne sais quel infini de doute, sans voir que tu me suivais, que je te conduisais par la main, que je t'aimais, en ton abominable modestie.

Et tu as célébré les saintetés faciles, tu as enseigné, tu as chéri la somptueuse vanité de la Chair tu as adoré, en leur néant, la Matière et l'Existence.

Et quand, en déroulant tes fécondes plaisanteries, tu n'as pas échappé à la grandeur, à l'héroïsme, tu t'es détourné de toi en raillant, et tu as quitté ce masque incommode.

Ah! mon cher enfant! mon cher enfant!

Et quand tu as amené les hommes en haut d'une âpre montagne, quand, de ce sommet, tu leur as fait toucher du doigt la Beauté, toute la Justice, la Raison la plus sévère, la plus nouvelle et la plus large, l'azur même de mon ciel et de ma robe, brusquement, tu fais disparaître et haïr cette montagne, tu rejettes ces êtres haletants d'enthousiasme parmi la tourbe détestée. Et ce sont croupes de nymphes, verdures savoureuses qui font éviter l'austère volupté du martyre et la douceur de la mort. Et tu souris, tu es heureux, tu sembles dire : « Voilà. Ceux que je peins sont des hommes et, lorsqu'ils se sont hissés jusqu'aux étoiles, la force vient à leur manquer et une légère teinte de ridicule vient nous rendre ces évadés. Et moi aussi je suis homme et je veux m'en souvenir, me garder, vous garder des hauteurs trop audacieuses, d'une Beauté trop hautaine, d'une Pureté trop scandaleuse. »

Et tu es tellement humble que tu te complais en la pensée de l'empire que tu t'es créé sur les âmes faibles. Tu doutes même de ton âme — et tu doutes moins de ton corps.

Tu es indulgent à l'humilité du pédantisme.

Tu as usé des jours et des nuits à amoindrir ton être en lisant, et, parce que tu n'ignores pas que dire : « Je sais beaucoup », c'est dire : « Je ne suis pas », tu ne gardes pas le secret sur ta science.

Or, tandis que tu laisses errer le long des étoiles fraternelles la molle théorie de tes légendes et de tes rêves et que, au fond du puits consacré, au fond du puits où le plus subtil de mes serviteurs vit la sérénité et le bonheur de ma Claire, se blottit et se cache la Vérité, émerveillée de ces récits, honteuse d'être si laide, d'être si humble, d'être la Vérité.

Tu ne sais pourquoi tu chantes ces contes, pourquoi tu as écrit tes livres.

C'est que la divinité pousse, malgré eux, la main à quelques hommes. Ils se croient des âmes hardies et révoltées, envahies par un doute très doux qui les caresse et qui les grise, qui leur fait trouver bonne l'existence, belles les femmes, heureux les épicuriens.

Ils sont les jouets d'une volonté plus puissante.

L'esprit divin a donné à ces chevaux une joyeuse avoine. Et ces instruments trouvent une tranquillité béate en des occupations qui semblent être les pires tourments moraux.

En dépouillant mon Christ de son auréole,

M. Renan avait approché des hommes le Dieu lointain ; en lui enlevant — avec quel art, quelles précautions ! — sa divinité tumultueuse et éblouissante, il vous l'avait fait mieux connaître et mieux aimer.

Et c'était Jésus qui l'inspirait : l'adorable humilité du Sauveur se donnait le plaisir d'une humiliation nouvelle ; il voulait se présenter plus pauvre et plus nu que jamais aux regards et aux cœurs de la foule.

Tu dirais qu'il a voulu « être adoré pour lui-même », et tu dirais vrai.

Pour rappeler à cet homme qu'il était homme, nous lui avions donné un corps presque grotesque ; pour le récompenser de son involontaire obéissance, nous lui avions accordé un style délicieux, la félicité terrestre, la gloire humaine.

Nous t'avons plus favorisé.

Et maintenant réjouis-toi !

Tu te lamentais tout à l'heure sur les âmes que tu perdais : réjouis-toi, elles sont sauvées !

Enfant, une belle phrase est un hymne.

Et puis que reste-t-il de tes phrases ?

Une douceur qui pénètre, un parfum qui serpente, qui enveloppe et qui demeure.

Et les jeunes hommes penchés sur tes livres, sur cet incomparable manuel bibliographique qu'est ton œuvre, te béniront parce qu'ils y retrouveront les souvenirs, les mots, les âmes des

vieux maîtres qui les auront fait frémir d'enthousiasme, les âmes des amants qu'ils auront sou-
haitées et possédées sans les rencontrer, parce
qu'ils y verront vivre leurs rêves, et ils pleureront
parce que leur mélancolie viendra les chercher
entre les feuillets, parée de myrtes rares et d'as-
phodèles étranges.

Et tu seras sacré à tous.

Et tu es saint.

Parce que tu as voulu être, parce que tu as su
être un pauvre homme.

X

M. France, peut-être sans écouter et sans entendre, branlait la tête en soupirant toujours :

« Je suis un pauvre homme. »

XI

*Alors, toute ruisselante des premiers rayons du
jour, la Vierge se pencha vers le poète et le baisa
sur le front.*

XII

Une flamme brilla alors dans les yeux de M. France.

« Oh! cria-t-il, je vais mourir d'allégresse, oh! ce baiser! ce baiser! »

Mais la Vierge l'arrêta.

« Ah! tais-toi, supplia-t-elle. Ne sais-je pas quelle pensée t'a apportée ce baiser?

Ce baiser t'a fait songer aux deux mains que Judas posa sur la tête d'un prêtre fou et, sous ma caresse, tu as regretté la caresse du traître, la caresse que tu as chantée!

Et tu ne m'aimes plus, tu n'aimes plus que les misérables et tu échangerais mon baiser non seulement pour le baiser du Maudit, cette volupté sans pareille, mais pour le baiser le plus amer de la plus déplorable prostituée, — si cela pouvait lui faire plaisir! »

Et M. France ici ne courba plus la tête; il la leva au ciel par-dessus l'apparition divine; il clama, hagard :

« Marie, Marie, je bénis votre nom divin.

Je le bénis à cause du baiser fécond que vous m'avez offert, à cause des paroles que vous venez de prononcer.

Et je comprends pourquoi je ne détestais pas
Judas.

JÉSUS-JUDAS! j'aime à me représenter ces
deux noms à un seul être, et le martyre du Christ
ne serait pas assez complet s'il n'avait pas incarné
ces deux personnages!

Jésus-Judas! Nom adorable qui me ravit et qui
m'enivre!

Et c'est Jésus qui fut Judas!

Et c'est Judas qui fut Jésus!

C'est le Crucifié qui se crucifia, c'est le livré
qui se livra — tant il craignait de ne pas nous
sauver! Ah! mon Dieu, je vous aime doublement,
et mon cœur déborde d'admiration délirante.

Ah! Marie, dites-moi que je ne me trompe pas. »

XIII

Mais la Vierge avait disparu.

Le jour tombait très vite et très triste.

Subitement M. France se sentit fort las.

Il voulut secouer ses délices et sa fatigue, mais
ses yeux aveuglés par des visions trop douces se
fermaient malgré lui.

Et il se sentait vide.

Il se traîna vers son haut lit à colonnes, se dés-
habilla lentement.

Et, tandis que, dans les maisons voisines, des enfants remerciaient la bonté subtile de Noël, M. France s'endormit, l'âme obscure, en murmurant, sans le vouloir, un *Pater* lointain : « Notre Père qui êtes aux cieux. . . . .
. . .Et pardonnez-nous nos offenses comme nous pardonnons à ceux qui nous ont offensés. Ainsi soit-il ! »

LE SOLILOQUE DE M. PIERRE LOTI

René Doumic.

LE SOLILOQUE DE M. PIERRE LOTI

Pour avoir promené avec une grâce héroïque parmi l'horreur d'un bal masqué l'horreur d'un costume de Bédouin, M. Loti se jugea digne, ce soir-là, des récompenses les plus hautes.

Pour ne s'épargner aucune volupté, il se déclama, se chuchota, se sanglota les pages les plus irrésistibles de sa *Jérusalem*, et il s'aperçut que sa volupté était modeste.

Plus mélancolique et plus résolu à se charmer, il se berça du rythme de quelques lignes de sa *Galilée*, exaspéra leur langueur impérieuse, leur tyrannique douceur et leur âpreté douceâtre, — et il reconnut que son ennui ne disparaissait pas.

Il jeta un regard navré sur ses autres livres, qui s'érigeaient en stèle vers les cieux, — et il n'osa pas en son respect — effrayé — de l'illusion — leur demander une consolation et une vigueur nouvelle. « Ils sont trop ! » soupira-t-il, et, désignant les mots qui sommeillaient sous les belles reliures, il ajouta : « Et c'est trop peu de choses ! » — « ou pas assez peu ! » continua-t-il indécis.

Pierre Loti.

Et il s'éloigna de sa gloire.

Il usa de l'ultime remède, consulta les portraits de ses admiratrices ; il revit des Parisiennes qui s'étaient fait représenter en costume tahitien, des Tahitiennes et des Japonaises vêtues en Parisiennes — et ne se sentit pas moins triste.

Il interrogea alors, collection plus formidable, plus précieuse et plus chère, l'amas de ses photographies, tout disposé à admirer les plis de ses robes, de ses voiles et de ses moustaches, l'éclat de ses dents et de ses décorations; mais son humilité était — pourquoi? — si grande, que ce divin spectacle lui fut importun.

Il s'accorda alors la joie de contempler cette âme de son âme que sont ses travestis : il consentit à retrouver en leur richesse sinueuse les souvenances les plus somptueuses et les plus mélancoliques, des élégies et des hymnes — et

même des prières — et il crut que c'étaient des
oripeaux et de la poussière.

Il se sentit très malheureux, tomba sur un fauteuil, étendit les jambes, offrit en holocauste son
navrement aux étoiles amies, et, d'une voix où
passaient toutes les souffrances de l'océan et de la
terre, où bruissait toute la
beauté des cieux, il formula
une constatation étrange :

« J'ai du vague à l'âme »,
dit-il.

Un moment, il se laissa
aller au ravissement que
ces mots lui apportaient...
« du vague !... » et il revécut les heures éternelles
où la mer lui était mater-
nelle et terrible, où elle
l'enivrait de ses appels, de
sa chanson, de sa caresse
harmonieuse, de sa lueur
plaintive, de son inquié-
tude et de sa majesté, où
les cieux étaient indulgents
à ses rêves et où, sous le
sourire du soleil, des res-
souvenirs de sa Bretagne,
de sa Saintonge, de sa Gas-
cogne, il parait la sauvage

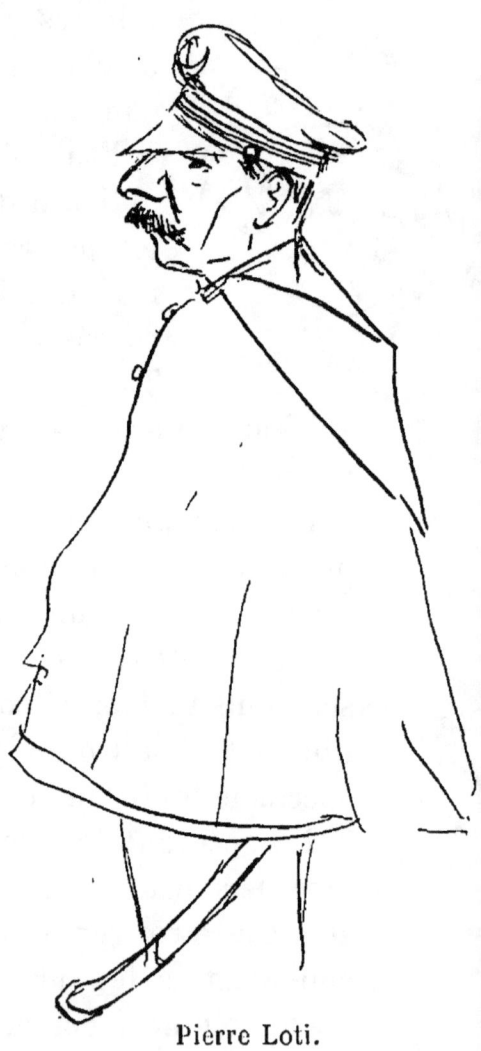

Pierre Loti.

nudité des pays qu'il allait aborder... «... Du vague », et c'étaient des formes imprécises de femmes
— orientales ou sirènes — qui montaient, hautaines et souples, des flots bleus vers le ciel bleu et
qui, à cet instant avec, sur leurs épaules blanches,
un peu de l'écume blanche de l'océan, venaient
peupler sa solitude. Et « âme » lui rappelait des
églises diverses et — pourquoi pas ? — la monotonie désolée et féconde du Mont des Oliviers.

Mais la phrase s'éteignit pourtant, et les visions
furent des visions brèves.

Et M. Loti se prit à douter du vague de son
âme et de son âme.

Une autre idée l'enveloppa — par hasard — de
son éloquence, et, d'une voix où sanglotaient
toutes les douleurs du monde, où chantaient
toute pitié et toute misère :

« Je suis triste ! » prétendit-il.

Ce furent de merveilleuses impressions de tristesse. Tristesse songeuse de l'eau sous la tristesse caressante de la lune, tristesse altière des
grands arbres sous la tristesse alanguie des
cieux, tristesse des bêtes qui vont mourir, tristesse des gens qui sont obligés de vivre, oiseaux
aux ailes coupées, chats malades et fraternels,
envols de corbeaux souffrants, théories de femmes
en deuil, plainte des fiancées et des veuves, plainte
de la mer que la destinée fait cruelle, plainte du
sable du désert méchant, malgré lui, aux pieds

des voyageurs, sourires navrés, émois de l'enfance, angoisses, regrets, remords, brumes mourantes de novembre, chères agonies, yeux qui remercient, qui embrassent et qui implorent, bouches qui, déjà glacées, s'offrent pour l'ultime communion du baiser, ce fut un cortège qui passa, doucement estompé, et la Tristesse même s'agita devant lui, amicale et musicale, en ses voiles d'or sombre, d'argent pâli et de crêpe subtil, en sa grâce amère, en son charme saignant.

Mais il pensa bientôt que ces sentiments, que ces images nonpareilles n'étaient plus que de lourds volumes d'une netteté déplorable, imprimés insoucieusement, hâtivement, avec des dates fâcheuses et des dessins trop habiles, — et il renonça au leurre de sa tristesse.

Alors, d'une voix qui traînait, mélodieuse et brisée, en un gémissement sans force, en un râle élégant :

« Je suis las! » dit M. Pierre Loti.

Toutes ses lassitudes, toutes les lassitudes lui apportèrent leur morbidesse impérieuse. C'étaient des nuits sans sommeil, des jours sans espérances ; c'était la morne immensité d'une mer sans tendresse, d'un désert sans horreur; c'étaient les heures de doute où la bouche se plisse, sèche et mauvaise, où l'âme se fait oublier, paresseuse et perfidement timide; c'étaient les regards morts, les bras morts des matelots qui rament sans

amour, les yeux absents, les seins soudainement
glacés des femmes qui ne consentent plus qu'à
peine à être belles, à être aimées; c'étaient les
regards si poignants et si vides des chevaux qui
ne peuvent plus courir, des chameaux qui s'affais-
sent, épuisés, et c'étaient les arbres qui se pen-
chent, qui se ploient et qui frissonnent, accablés
du poids de leurs siècles monotones.

Mais le souvenir de la rapidité avec laquelle il
avait décrit ses lassitudes les plus enivrantes le
priva du mensonge de sa lassitude.

Et, pour échapper à ses rêves, pour ne plus
penser — il parla.

*
* *

« A qui parlerai-je? dit-il. Est-ce à la Dame de
la Mer, est-ce à la Dame de la Mort, est-ce à Notre-
Dame la Mort, est-ce à Notre-Dame la Mer? Je
n'aime plus la mer, je n'aime plus la mort : il est
bien tard pour naviguer — il est bien tard pour
mourir ! Et je crois que, si je manque ma vie, c'est
pour avoir manqué ma mort. Ah! ma mort! Ç'aurait été un naufrage parmi la majesté douloureuse
de l'Océan : le navire se serait enfoncé lentement,
lentement en la mélancolie ouatée de l'eau, tandis
que le ciel se serait teinté de la pourpre la plus
émue, tandis que les flots auraient modulé l'épitha-
lame le plus passionné, le thrène le plus chatoyant,

le plus sonore, le plus discret. Et la Mer m'aurait
possédé, en sa tendresse ondoyante et fuyante, en
sa tendresse aiguë, maîtresse jalouse, déesse pitoyable et, souriant du sourire qui ne nous quitte
plus, j'aurais connu les délices que connut mon
Yânn, que connut, pour sa souplesse hésitante, le
jeune Hylas à qui furent douces les Nymphes des
Fontaines. Et mon nom aurait chanté éternellement sur les lèvres des Amantes et les jeunes
hommes l'auraient entendu, de la grève, dans le
murmure, dans l'élan des vagues humbles. Et il
aurait tremblé dans les prières des mères, dans les
larmes des jeunes filles, il aurait plané éternellement sur des tristesses et les résignations, avec
une auréole de fatalité, de tendre horreur et de
divinité, avec un rythme d'élégie : et j'aurais été
la Poésie même de la Mer et de la Mort, l'Ame des
poètes et des matelots qui vont chercher sur les
flots la route obscure qui mène au ciel. Mon nom
aurait frémi dans les souvenances et dans les
rêves : ç'aurait été comme une fleur de tombe,
comme une fleur d'eau funèbre qui dort pour ne
pas troubler les cadavres qu'elle recèle et qu'elle
enserre amoureusement, ç'aurait été comme une
fleur, comme une caresse d'au-delà, comme un
baiser d'au-delà. Et j'aurais eu l'éternité candide
et splendide des jeunes morts et j'aurais perçu, en
ma claire nuit, comme André de Chénier, les mots
d'admiration qu'on chuchote avec un respect fra-

ternel, avec une adoration intime et lointaine dans
des chapelles soudaines, les prières qu'on psal-
modie dans les âmes devenues sanctuaires. Et
mon âme, toute blanche et toute bleue, aurait été
charmer, posséder et guider des âmes incertaines
d'enfants songeurs. »

M. Loti qui s'attendrissait de très bonne foi
n'éternisa pas son attendrissement. Il sembla
même ne plus vouloir s'avouer qu'il aurait pu
mourir et revint à l'existence avec une hâte amère.

*
* *

« Je vis, dit-il, je vis et je vieillis, je vais vieillir,
sottement, parmi ces relations de voyage et des
aiguillettes, parmi l'ennui des fêtes officielles et
des fêtes mondaines. Et ce seront des cheveux
gris, des cheveux blancs subis sans joie, ce seront
des rides importunes, une paix plus importune
encore. Et que suis-je? que serai-je! Un marin
sédentaire, un homme de lettres coiffé d'une cas-
quette navale, un lieutenant de vaisseau (jusques
à quand?) qui, de temps en temps, voile l'indiscret
éclat de son uniforme sous la richesse prestigieuse
et terne d'un habit d'académicien. Et je n'aurai
même pas la joie de me réfugier en mon passé,
puisque ce passé ne m'appartient plus, puisqu'il
est dans toutes les bibliothèques, dans toutes les
librairies. Et je ne puis même pas me plaire à la

douceur, à la puissance, à la grandeur berceuse
du néant, puisque *le néant, c'est moi.* »

*
* *

Cette constatation lui était venue nonchalamment comme une conséquence naturelle de sa dolente méditation. Mais aussitôt qu'il l'eut proférée,
elle se détacha avec un relief odieux du gris
des phrases qui l'avaient précédée et amenée,
elle éblouit M. Pierre Loti de son flamboiement
agressif, l'enveloppa de son horreur et pénétra en
son cœur, flèche aiguë et méchante. Et M. Loti
tenta en vain d'échapper à sa hantise : elle retentit,
gronda, siffla à son oreille, à la fois sonore, solen-
nelle et persifleuse, apitoyée et ricanante, navrée
et légère. Et M. Loti, pour souffrir moins, se la
répéta d'un ton grave, tandis que, pour prouver
qu'il était bien convaincu, il se promenait à grands
pas, l'œil ardent et la bouche crispée :
    « Oui, le néant, c'est moi. Et j'ai vécu, je vis
pour donner un nom à un état d'âme.
    Lorsqu'on se sent vide et veule, lorsqu'on ne
peut ni penser, ni rêver, ni se souvenir, lorsque
des mots qui ne sont pas des mots, des sensations
qui ne sont pas des sensations montent autour de
vous comme un encens maigre et trouble et vous
enveloppent pauvrement, lorsqu'on se sent à la

4

fois abandonné et retenu par la terre et par la vie,
très près et très loin du ciel, sans avoir la moindre
douceur d'ici-bas, la moindre beauté de l'au delà,
on ne doit pas se dire : « J'ai la fièvre », ou : « J'ai
ma migraine », ou : « J'ai mon spleen » ; on doit se
dire : « *J'ai mon Loti.* » Et, en vendant du vague et
du mystère, j'ai détruit le vague et le mystère, j'ai
apporté une précision déplorable à l'imprécis, j'ai
teinté de réalité l'irréel, j'ai transposé des brumes
d'océan sur les brumes sans nom des rêves, j'ai
situé les femmes, les êtres qu'on voit passer le
long des nuages sans en pouvoir rien distinguer
que leur sourire et l'énigme nuancée de leurs
yeux, et, de leurs voiles d'éther, des voiles que
l'azur pâle du ciel leur a prêtés en leur prêtant leur
sinueuse immatérialité, j'ai fait des voiles achetés
dans les bazars de Stamboul. J'ai habillé de soie
ou de bure les rêves qui nous suivent, qui nous
consolent et qui nous égarent, comme des sirènes
molles et fatidiques. Ah! pourquoi n'avoir pas su
conserver à mes visions tout leur charme? pourquoi les avoir avilies en voulant les décrire? pourquoi n'avoir pas gardé sur mes épaules le hautain
et magique manteau du silence? Je voudrais que
de tous mes livres il ne restât dans l'âme de tous
que l'écho du rythme des phrases, dépouillé, délivré de toute netteté; qu'il ne restât de toutes leurs
images qu'un halo sans couleur et que, de toutes
les femmes qui y promènent leur grâce et leur

infortune, il ne restât qu'une courbe souriante, qu'une courbe attristée. »

*
* *

M. Loti songea à ses succès, à ses triomphes, aux larmes qu'il avait fait verser, aux extases qu'il avait permises, et, avec un soupir, d'une voix moins amère et moins enthousiaste, il reprit sa phrase et murmura très bas : « Et c'est peut-être tout ce qui reste de mes livres ! »

M. Pierre Loti se rassit et s'abandonna douce-ment au souvenir des femmes qu'il avait chantées, des mers qu'il avait aimées; leurs noms bruis-saient autour de lui, très nets et très doux — et il ne voulut plus parler.

Puis il se sentit vraiment las et triste, il se sentit vraiment du vague à l'âme, mais il ne lui venait plus de visions de tristesse et de lassitude. Une mélancolie sereine était descendue, bienfai-sante, sur l'âme de M. Loti et sur ses travestis, sur ses portraits et sur ses livres; la crise était terminée : M. Loti allait, le lendemain, retrouver sa quiétude, aimer jusqu'à la pâmoison ses livres, ses portraits, son âme et ses travestis. Sans plus penser à ses paroles qui traînaient encore par la chambre et qui l'emplissaient de leur plainte, qui parfumaient de leur amertume, qui sanctifiaient de leur tristesse les travestis, les portraits et les livres, M. Loti s'enfonça en son fauteuil.

*
* *

Et, pour faire ce qu'il fait toujours, — il dormit.

Mars 1895.

Pierre Loti.

ENTRETIEN DE M. PAUL BOURGET

AVEC

QUELQUES INDISCRETS FANTOMES

A *l'un des Quarante.*

Jules Lemaître.

ENTRETIEN DE M. PAUL BOURGET

AVEC

QUELQUES INDISCRETS FANTOMES

Comme M. Paul Bourget était en veine de philosopher, un vers — très lentement — gémit en sa mémoire.

Ce ne fut pas le vers de René Vinci :

L'opoponax alors chanta dans l'ombre douce...

Ce fut un vers d'*Edel :*

    Les bustes de Balzac et de Napoléon...

M. Bourget a su emprunter à des photographies

anglaises un air d'accablement biblique et de veulerie non-conformiste, qu'il aime — et que nous
aimons. Le dédain du rire et des larmes, de la
colère et de l'extase, le souci d'être — élégam-
ment? — morne l'empêchent, grise cuirasse, de
s'indigner et de s'ébahir. M. Bourget permit donc
au vers de tinter à sa guise. Il ne s'embarrassa
point de ses nuances et secoua la tête, parce que
ce geste est un geste que ne réprouva point
Brümmel. Puis, son regard erra sur les murs où,
— car il faut unir l'agréable à l'utile — à des
copies du cher Sandro s'unissaient des portraits
de M. Paul Bourget. Et les plis navrés d'étoffes
de Liberty charmèrent ses yeux de leur lenteur,
de leur langueur, cependant que, de toute la
chambre, de tous les meubles aux flancs ternes et
torturés, montaient des soupirs qui, discrètement,
s'étouffaient en la lasse sérénité des tentures.

Cette fois, ce fut le distique qui, projeté par le
Passé, s'en fut, sous le bandeau docile de
M. Bourget, réveiller des pensers et des rêveries :

— Cruelle raillerie à mon ambition —
Les bustes de Balzac et de Napoléon.

L'ennui de M. Paul Bourget grandit : il crut un
instant qu'il allait bâiller — mais il se souvint
qu'il devait rester non pas assis, non pas couché,
mais en cette attitude un peu triste, un peu penchée, un peu voluptueuse où l'on goûte toutes les

délices du fauteuil, toutes les délices d'un lit
indulgent, tandis que les étoiles hésitent à
tomber...

Et le vers bruissait toujours.

« Euh ! » fit M. Bourget, et une tendresse se
levait en lui pour les jours où, enveloppé des mille
voiles de la Jeunesse et de la Chimère, il se cour-
bait sur des drames romantiques inachevés, où il
cherchait, le cœur trouble, parmi des tropes parfois et des chevilles, un je ne sais quoi qui, silen-
cieusement, se variait et se jouait, sous des
lumières changeantes, en les méandres moussus
de l'Irréel et de l'Avenir, où il se laissait griser
par le mystère des Choses, de l'Amour et de la
Mort, par le Mystère, où il laissait ses yeux
s'éblouir — sagement.

Le vers, tout près, s'agitait toujours.

Et M. Bourget se récita d'autres vers, se récita
la plus nostalgique de ses *Nostalgiques* :

A Léon Dierx.

N'avons-nous pas, Jésus, du bois de votre Croix,
Construit les lourds bâtons chers à nos âmes lourdes,
Et les esquifs navrés qui bercent, loin de Lourdes,
Notre torpeur jusqu'aux New-Yorks en qui je crois ?...

Sur la langueur des Cieux courent de molles plaintes,
Et ce sont des oiseaux et ce sont des sanglots
Qui s'en viennent, furtivement, troubler les flots.
Et l'on entend pleurer des étoiles éteintes.

Haletez, voletez autour de nos péchés,
Etoiles qui mourez lentement sur l'eau claire,
Tandis que notre front sans remords — pleurs séchés —
Se mire en cette eau calme, en cette eau de colère.

Tristes de la tristesse éparse des grands bois,
A la tristesse de la mer parlent des Voix...

Cheveux qui sommeillez pesamment sur les villes,
Cheveux qui sommeillez doucement sur les landes,
Cheveux las des Bérénices, des Mélisandes,
Enveloppez de vos frissons nos âmes viles...

Trouver en un éclair le tout-puissant Sésame,
Chuchotant comme le frôlement d'un soupir,
Qui nous dira la vie et la mort ! Voir s'ouvrir
La porte du cachot comme un lent œil de femme...

Grignotant l'Idéal embué des Passés,
Avec des fleurs parmi les mains, avec des roses
En l'erreur — qui sourit — de tes cheveux tressés,
Tu passes, les lèvres pâles, l'œil tendre aux choses !

Oh ! les éplois sanglants d'ailes d'ange affaibli !
Les soirs mauves qui vont glissant sur notre oubli
Et les jours sans amour d'automne monotone
Effeuilleront, feuille par feuille, ta couronne. —

L'éternelle pitié qui brille en ton œil sec...

M. Paul Bourget n'alla pas plus loin : un désuet
éclat de rire venait de sonner dans la pièce.

Et M. Bourget aperçut un gros homme qui, de
la puissance de son ventre, de la véhémence de sa

poitrine, de la largeur de son geste, de la loyale, majestueuse et ambitieuse vulgarité de tout son être, débordait le fauteuil et la chambre et le siècle auxquels il condescendait. En un retrait joyeux, il secouait des cheveux luisants autour de joues luisantes, et les plis de sa bouche grasse et lasse, l'empâtement tourmenté de son menton, toute sa face de volupté et d'effort, de labeur et d'horreur, son nez large, ses yeux même, à la fois ingénus et perçants, yeux de plaisantin obèse et de visionnaire, ses yeux d'épopée

Paul Bourget.

semblaient sourire, s'étonner, se railler du front imprévu, serein, immense de philosophe et de démiurge.

M. Bourget considéra ses épaules et sa gaîté de soudard et s'apitoya à la pensée que, fantôme, cet homme demeurait si lourd, si vivant et si tyrannique et qu'il ne pouvait revêtir la moins fluette immatérialité.

Et une autre ombre se révéla.

Lourd aussi et tyrannique, et vivant, malgré un halo de rêverie, gros, jaune, la tête pesant sur les

épaules, le cheveu incertain, les yeux fixes, la
bouche mauvaise, sans sourcil,
sans cou, le menton jaillissant
en une courbe peu à peu paci-
fiée et menaçante cependant, le
corps énorme et ferme, magot
qui serait une œuvre d'art, la
statue grecque la plus pure, la
plus fine, la plus méditative, la
plus active, Napoléon apparaissait — qui ne riait point.

Honoré de Balzac.

M. Bourget toisa d'un regard
dolent le petit homme.

Et une autre ombre se révéla.

Moins lourd et d'une lour-
deur pire, voletante, papillonnante, entêtante, dis-
sertant, comme on pi-
rouette, sur son talon,
— talon rouge de doctri-
naire, — marchant sur
des œufs — rouges — de
conspirateur, pontifiant
avec des gestes menus
et incisifs, avec des gri-
maceries et des coquet-
teries, se cassant pour
appuyer sur un mot et
sur une sournoise timi-
dité de langage, méthodique, politique, fatidique,

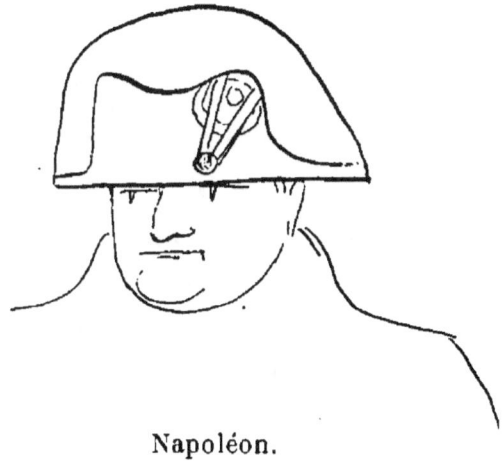

Napoléon.

brouillon, grotesque et héroïque cependant, un peu gauche en son élégance, un peu embarrassé de l'éclair pâle de ses yeux, du retroussis de ses lèvres serrées pour sourire sans cesse et sourire à peine, l'âme tendue vers d'autres amours, vers d'autres combats, vers d'autres intrigues, vers un autre monde et un autre être — ce fut Stendhal.

M. Bourget considéra les bouclesde ses souliers et les boucles de ses cheveux. Mais Stendhal s'accota, s'accouda à la cheminée et de la pointe son son pied fouilla le tapis négligemment. M. Bourget sentit lui revenir son enthousiasme de toujours.

« Henry Beyle ! » s'écria-t-il d'une voix qui lui parut un peu grêle.

Le rire de Balzac durait.

Et Balzac parla :

I

« Henry Beyle, imita-t-il. C'est le ton, en vérité, que, pieusement, prennent les intimes de Tristan Bernard et les employés des vélodromes lorsqu'ils le nomment Paul Bernard. Et Anatole France doit se navrer de n'être jamais appelé par ses adorateurs J.-A. Thibault ! »

M. Bourget n'écoutait pas. Et sa tristesse d'entendre ce génie d'antan renoncer à sa vétusté, au prestige de son silence, de l'entendre parler de créatures et de choses si odieusement récentes lui fit chercher un refuge en la triste beauté des femmes de Botticelli. Et, à l'improviste, le regard pers d'une déesse accueillante lui fit répéter son vers en suspens :

L'éternelle pitié qui brille en ses yeux secs...

Le rire de Balzac se fit plus gros :

« Mon pauvre ami, dit-il, pourquoi t'amuser à cette poésie et que vient faire ici Jésus? Est-ce que l'Être suprême ne ressemble pas au pape Léon XIII en plus jeune, avec une barbiche américaine et des lunettes noires, et son pantalon ne se pare-t-il pas d'une bande d'or — parce que M. d'Aurévilly exista? »

M. Bourget n'aima pas cette plaisanterie et, d'une voix compatissante, sourde et, malgré des aspirations anglaises, alanguie d'une demi-teinte lorraine et d'une demi-âpreté arverne :

« Monsieur, dit-il, vous retardez. »

Et il s'arrêta. Il lui semblait que, en dépit des tableaux familiers et des tapis les plus chers, il était dans un lieu nouveau pour lui. Et il se sentait un peu petit garçon devant ces ombres qui consentaient à le troubler. Et il comprenait le vers d'Edel. Bustes de plâtre entrevus jadis, bustes creux et rendus humbles par l'humilité de la cheminée, par les vases humbles alourdis de fleurs sans noblesse, c'étaient des regards vides, c'étaient des lares paternels.

Statuettes d'encouragement et d'appartement.

Et les spectres étaient autres.

Et, en sa susceptibilité toujours frissonnante, M. Bourget crut soudain que son œuvre s'écroulait comme un château de cartes du Tendre et de cartes de visite — armoriées, — que ses phrases les plus aimées coulaient, rocailleuses, en une laborieuse poussière, vers un lac — écossais — de Néant.

Et Balzac se piquait :

« Me prends-tu pour M. l'abbé Félix Klein ? Tu as tort. »

Mais M. Bourget interrogeait Balzac :

« Naguère la blancheur gracile et hautaine d'une robe de vieillard, la blancheur lasse et ardente d'une tête de vieillard m'émut parmi l'escorte des siècles et de l'anxiété universelle, parmi la pourpre de quelques prêtres et quelques pacifiques cuirasses de gardes. Est-ce là seulement une sensation — d'Italie, — une émotion presque sensuelle ? Effet de blanc ? Croyez-vous que, telles, des robes blanches de communiantes occupèrent jadis mon âme, est-ce que, tels, des poètes aimèrent la blancheur de Pierrot et sentent sourdre en eux une fraternelle pitié lorsque tremble et se courbe sous des fardeaux, au crépuscule, la blancheur humiliée des petits marmitons ? »

En son inquiétude, en son ennui d'un monde où tout ne serait qu'ennui, M. Bourget tourna sa bouche amère et ses yeux d'amertume vers le silence de Napoléon et de Stendhal. Jamais ils n'avaient été aussi sages : c'était à se demander pourquoi ils étaient là. Et M. Bourget continuait à questionner :

« Ai-je compromis l'hébreu de M. Renan et le positivisme de M. Taine en d'honnêtes boudoirs et des antichambres, et leurs palmiers ornés encore de l'étiquette de la *Belle Jardinière* me troublèrent-ils comme me troublèrent les palmiers aperçus, fuyant, parmi la fuyance des pages de *la Vie de Jésus* ? Les aphorismes que je lus, sous la clarté respectueuse des lampes, en des albums caparaçonnés de maroquins superbes, éperonnés de fermoirs de vermeil m'apparurent-ils plus admirables, pour les particules nobiliaires qui paraphaient leur sottise, que les pages austèrement radieuses de *l'Intelligence* ? Et pourquoi ferais-je traîner la robe blanche du pape parmi des traînes de robes de bal ? Et croyez-vous que j'emprunterai des images à saint Paul et à Tertullien pour leur faire chanter la gloire d'une paire de chenets ou d'un perron d'hôtel ? »

— « Ah ! dit l'auteur du *Martyr calviniste*, j'imagine Jésus venant, maigre et pâle, les yeux

saignants, misérable et nu, te trouver au milieu
de tes reliures et de tes chiffons. Et je crois que tu
lui dirais, en une plainte :

« SEIGNEUR, AVANT D'ÊTRE CHRÉTIEN, JE SUIS
PRÊTRE ! » Tù ne mentirais pas. Tu es prêtre et
toujours tu fus prêtre. Mais de quelle religion ? Ce
que tu aimes dans les églises et dans les cathédrales, ce sont les reflets des vitraux, des gemmes
et des ors ; c'est, parmi les mille feux des autels
et du chœur, parmi l'ardente tristesse des cierges,
le subit éploi des surplis et les lourds frissons des
chapes et des chasubles, c'est la magnificence des
camails et des ciboires, c'est l'air de race des pré-
lats et la grâce séculaire de leur sourire. Pourtant,
en même temps, tu chéris le confortable sévère
des temples protestants, leur nudité apprêtée, leur
pauvreté de caves où des richesses s'amoncellent
et se recèlent, et l'orgueil de leurs bancs de chêne.
Et tu n'es pas non plus prêtre de la Religion-
de-la-souffrance humaine. Pauvre religion in-
ventée en un jour de gradiloquence hoquetante,
chuchotée parmi le mystère des tasses de thé, religion de five-o'clock et de retour de bal, de retour
d'adultère, de retour de cercle où — royalement
— l'on tricha. Et tu n'es pas assez dur pour jouir
de cette souffrance, pour l'ensemencer et la faire
croître. Et, pour n'avoir pas été, M. d'Aurévilly
n'est plus — et le comte de Villiers de l'Isle-Adam
a, pour ne pas dormir, un tombeau. Ceux-là au-

raient parlé congrûment de cette religion, et leur
cruauté aurait fait trembler leur moustache. Mais
les gens d'aujourd'hui ! c'est à peine si, en souvenir de M. de Camors, on regarde du fond d'un
coupé de louage la lanterne boitillante d'un chif-
fonnier ! La religion de ce jour, c'est une religion
carthaginoise — sans horreur, une religion qui
adorerait la richesse considérée comme monstruo-
sité, comme masse sans beauté, sans forme, d'une
hideur basse et âpre. Et l'on ne s'approche pas,
en un culte désintéressé : de loin, de très loin on
crie : « Oh ! » Et nous sommes, de la sorte, à
quelque distance de Jean-Jacques et de sa per-
venche ! »

M. Bourget avait subi ce discours avec un stoï-
cisme assez grand pour être du tolstoïcisme. Très
grave, mais très calme, il secoua la tête et répliqua : « Cette religion n'est pas ma religion. Et je
ne suis pas prêtre du snobisme et du toc. Oui, je
suis prêtre et c'est ma gloire et c'est ma joie de
me sentir une âme de prêtre, de prêtre à vide,
une âme éparse et qui s'épand sur les hommes et
qui cherche sans cesse quelque chose à prêcher.
Et si mon œuvre est humble, c'est qu'elle a voulu
être humble. — Femmes pâles ! — ah ! si pâles ! —
penchées sur des trames légères, jeunes hommes
doucement mordus de désirs parmi vos livres et vos
mères, pauvres âmes à peine coupables et coupables cependant, qui vous aurait chantées, si je

ne vous avais pas chantées ? Et pourquoi me reprocher d'avoir, contre 2 fr. 75, donné à la classe
moyenne le leurre sacré de l'opulence, de la distinction, de la philosophie ? Et pourquoi me reprocher
d'avoir été l'homme de mes livres ? Ah ! aurais-je
dû, au lieu d'habiller mes héroïnes rue de la Paix,
les vêtir de voiles antiques et de voiles florentins ?
Mais avouons que mes femmes *parfois* sont de
pauvres femmes, et que les âmes sont modestes
parfois des jeunes hommes qui se promènent sans
hâte parmi mes feuillets, et que ce sont *parfois* des
étoiles bien grises qui éclairent de leurs rachitiques
pâleurs les crimes de simple police, les douleurs
d'avant-scène et les ivresses d'eau de Seltz qui
s'essaiment çà et là, entre des figures de cotillon et
des figures de rhétorique. Mais que m'importe la
ténuité sans grâce d'un chapitre peut-être ? Vous
êtes là, vous êtes venus. Ah ! parlez-moi, ombres
chères. »

Le sourire de Stendhal s'ouvrit, plus doux, et
un mot sortit des lèvres de l'Empereur :

« *Idéologue !* » dit-il.

II

Ce fut un silence. Et ce furent des yeux de
reproche. Balzac sentit peser sur lui le souvenir

d'*Une Ténébreuse Affaire*, et Beyle frémit en son
sourire. Le mot semblait avoir élargi la chambre.
Les tentures devenaient plus amples et les reliures
se doraient du reflet des pages qu'elles étran-
glaient. Mais le bon Balzac s'inquiétait : « Idéol... »
fit-il.

Brutal, Napoléon coupa court à son développe-
ment. Et ses yeux par delà les Botticellis photo-
graphiés sourirent à l'infini.

« Oui, idéologue ! affirma-t-il. Et un idéologue,
c'est Destutt-Tracy, c'est Constantin Chassebœuf-
Volney, c'est François-Emmanuel Toulongeon.
L'idéologue, c'est le monsieur qui ramasse dans la
poussière d'hier une petite remarque, un petit cri,
une petite larme, qui la parfume, qui l'enrubanne,
qui, avec des phrases, des émois et des cligne-
ments d'yeux, l'offre à l'admiration des gens. C'est
le monsieur aussi qui montre la lanterne magique
mal éclairée. Et il faut si peu d'efforts pour,
d'idéologue, devenir philosophe, créateur, initia-
teur, pour devenir *un homme*. Qu'on mène le
peuple parmi les champs de bataille, parmi la
majesté de la mort, vers une conscience plus haute
de son être, vers une conscience plus haute, ou
qu'on l'y mène parmi des chefs-d'œuvre, des
poèmes et des tableaux, c'est la même chose et le
même voyage. Et la tâche est même de le rendre
meilleur, plus vivant et plus fort. Les flammes
dont on l'éblouit l'éclairent. Et ce fut un homme

que M. de Gœthe et ce fut un homme que M. F.-A. de Chateaubriand. Ah ! fais effort pour être un homme — comme eux. Et que les lumières de tes livres soient plus que des lampes de boudoir, d'opale laborieuse, lueurs qui meurent comme meurt l'énergie, comme meurt la langueur des gens qu'on peignit après les avoir peignés ! Ah ! que ce soient ces globes électriques qui, éclatants et sinistres, veillent sur l'éclat sinistre et sur les sursauts d'agonie de la ville ensommeillée et que ce soient des soleils de bataille. »

La chambre resplendissante de soudaines apothéoses se vida de sa splendeur et redevint lasse et grise lorsque Stendhal se décida à parler. « Sire, dit-il, je vous remercie de vos propos. C'est mon Napoléon qui vient de parler. Ç'aurait pu être tout aussi bien le Napoléon de Balzac, de Vigny ou de Béranger. Je suis très touché de cette préférence. Mais je n'avais jamais douté de ma vérité !... »

Et, voyant que Napoléon s'ennuyait un peu, il braqua sa sympathie sur M. Paul Bourget :

« Mon cher ami, dit-il, qui m'appelles parfois d'un râle d'enfant malade, pourquoi me lire avec un monocle de respect et d'adoration qui nuit à l'intelligence du texte, pourquoi laisser errer autour des mots la lourde admiration d'un enfant de chœur effrayé de comprendre quelques mots de la messe ? Et pourquoi croire que le Disciple est le

Rouge et le Noir à la mode de 1889, *le Rouge et le Noir* avec la Tour Eiffel dessus? Ah! ce n'est pas à moi à te reprocher le goût de sueur qui traîne, malgré les essences les plus select, sur quelques adjectifs et quelques métaphores, ce n'est pas à moi, qui ai tant joui de mes héros et avec mes héros, à te reprocher de te laisser écraser par le néant de tes personnages, de rester béant devant les petites trahisons de la dame de *Mensonges*, la petite blessure de René Vinci et la petite perversité de Robert Greslou. Oui, tu t'extasies devant quelques fantoches que tu crées. C'est joli parce que tu peux te dire : « Si ces gens s'agitent et s'agitent à peine, c'est parce que je le veux, et ils commettront, si je le veux, des crimes plus évidents et je leur prêterai pour pas cher un héroïsme plus monstrueux. » Libre à toi, ensuite, de ne pas sembler dominer ton sujet, d'écrire en tremblant, la bouche douloureusement plissée : « Cette femme est adultère! ah! comment peut-elle être adultère? ah! comment peut-on être adultère? » Oui, c'est notre droit d'être les premières dupes de nos duperies. Et cependant, lorsque je m'émouvais avec mes personnages, ma plus grande jouissance était de sentir que je m'encanaillais. Et, au fond, je gardais mon sourire et je m'amusais des fantômes qui, de par moi, erraient et mouraient sous le soleil de mon Italie ; je jouais avec leurs âmes, — et leurs âmes en devenaient plus complexes et plus grandes. Et je me penchais de très haut sur les crinières sanglantes et les mouchoirs froissés. Oui, c'était toujours moi et tout moi, oui, je souffrais en celui-ci et celui-là, et c'était ma maîtresse la plus morte, cette femme, mais il me fallait les imposer à l'émotion de mes contemporains et à votre émotion. Et songe aux chiffons indulgents de Mme de Moraines, songe à ton refuge, par delà le coup de pistolet du *Disciple*, en les soucis de Dorsenne, songe à la médiocrité sentimentale dont, çà et là, ont à s'embarrasser tes lecteurs. »

III

M. Paul Bourget s'attrista et parla :

« Ah ! j'imaginais à Oxford, en juin 1883, un jeune homme lisant Baudelaire ou Taine cependant que des vierges et des fleurs couraient et jouaient sous sa fenêtre. J'imagine maintenant la douloureuse théorie de quelques-uns des jeunes gens qui lurent mes livres — ceux qui ne comprirent pas. Lourds déjà et mornes et vulgaires d'espérances, ils se firent plus lourds, plus mornes et d'espérances plus vulgaires. Ils s'applaudirent d'aimer des actrices de sous-préfecture et rampèrent parmi le siècle. Mon œuvre leur parut un bréviaire, au lieu de leur sembler une salutaire encyclopédie d'erreurs de sensibilité et de sensualité, et j'eus la honte d'être aimé d'eux. Mon nom voleta sur leurs grosses lèvres ! Ah ! les importunes admirations ! Et lorsque je tâche à m'enfuir loin de cette tourbe, vers de l'azur, vers des rêves mauves, ces gens se précipitent dans ma barque ! Comment être seul ? Et comment n'écouter que mon âme ? »

Les ombres étaient tout à fait tendres et fraternelles.

« Oui, dit doucement Balzac, tu es supérieur à tout ça, et tu as une belle âme. »

Et comme M. Bourget, en une hantise, répétait : « Ah ! les jeunes gens ! » Balzac l'interrompit, mélancolique :

« Ah ! les jeunes gens, fit-il, tu te plains des jeunes gens ? mais qui n'a pas de jeunes gens derrière lui, sous lui ? Et personne n'a plus à gémir que moi. Partout, dans toutes les villes, dans toutes les maisons, il y a des Rastignacs qui se regardent naître et des Hulots qui s'écoutent mourir. Et, après s'être reconnus, non sans quelque complaisance, dans les types que, fiévreux j'ai jetés sur la terre, ils vivent d'après Hulot, d'après Rastignac, d'après moi. Des imbéciles montent sur la butte Montmartre pour toiser leur royaume, et, sous la raillerie de la lune, cependant que les roues du Moulin Rouge balancent leur incrédulité, ce sont des monologues extraits du *Père Goriot*. Mais ces dominateurs seront, un instant après, obligés de courir pour éviter un omnibus, ne feront pas de dettes — et c'est ma vengeance... »

— « Et quel est le pion, dit Stendhal, qui ne veuille pas vivre d'après Julien Sorel? Mais il troque l'échafaud contre une absinthe. »

— « Et quel est, dit Napoléon, l'aventurier qui ne veuille pas vivre d'après Napoléon? Mais la police correctionnelle le mate ou un mariage avantageux. »

IV

M. Bourget sentit une sérénité lui revenir. En somme, il souffrait de la même souffrance que ses devanciers. Et les ombres le regardèrent avec un sourire amical, avec un sourire d'ardeur. Elles sourirent au passé de M. Bourget, à son présent et à son avenir.

« Travaille! »
dirent-elles et elles disparurent lentement, fécondes.

Mai 1895.

LES DAUDET

A Jean Lorrain.

LES DAUDET

———

Autour d'eux, c'était un rempart de chefs-d'œuvre. Il semblait que, malade, le père eût voulu s'enfermer parmi des livres fermes, des statues robustes, des tableaux vibrants d'éclat et de santé — et que, pauvre et lourd et terne, le fils eût désiré dis-paraître en des ors et des lueurs de re-liures et l'élan har-monieux de nym-phes de bronze et de lampes d'onyx. Donc c'étaient des lampes et des nym-phes et des ta-bleaux, des livres, des lueurs, des ors — et des Daudet.

Alphonse Daudet.

I

Alphonse Daudet s'enfonça dans son fauteuil,
pencha la tête et resta un moment silencieux; il
se voyait en dedans et s'attendrissait, et le petit
miroir de son âme, le miroir changeant, spécieux
et profond, lui offrait des courbes de barbe, des
courbes de cheveux et des courbes de cœur. Du
passé aussi s'en venait, argenté et nonchalant;
des sourires, des mots et des émotions. Chèvre
de M. Séguin, tu bondissais, et toi, petite Chèbe,
tu gémissais ta chanson, et toi, petite Chose, tu
brisais ta porcelaine, et toi, petite Delobelle, tu
t'en mourais doucement, doucement, et toi, Tar-
tarin, des cieux tripolitains où tu advins, tu bran-
dissais tes bénédictions, et toi, Jack, tu pleurais
dans l'éternité, et c'étaient des couronnes et des
tambours de tambourinaires et des tarasques et
des edelweiss et des bonnets de Saint-Lazare et
des larmes de partout. Alphonse Daudet rêvait,
mais le miroir de son âme lui renvoya sa rêveuse
et triste image, et Alphonse Daudet s'attrista. Et
il s'aperçut qu'il ne pensait pas à son passé et
qu'il ne pensait pas à ses livres. Et il se tourna
vers son fils. « Léon, dit-il, tu me fais de la peine.
Je n'aime pas te voir mélancolique. *Fen dè brut!*

Des cris, que diable! et du lyrisme et de l'épopée! des phrases et des interjections! ça m'amuse, ça me ragaillardit. Mais pourquoi des gémissements? Et pourquoi ce désespoir?...

— « Père, dit Léon Daudet, je m'ennuie. » Et l'ennui des gens qu'il ennuya pesait sur lui.

— Ah! tu t'ennuies, répéta lentement Alphonse Daudet. Et il le considéra. Ça lui parut un gros garçon, pas méchant, la bouche lasse. Il lui dit, pour le consoler : « Tu as tort. »

« Oui, je m'ennuie, reprit l'auteur d'*Haerès*. C'est le monde et sa faiblesse et sa pauvreté morale, et c'est sa sottise, et c'est la gangrène des consciences et la chlorose

Léon Daudet.

des cœurs, et c'est le vertige des cerveaux et des âmes, c'est la mollesse enfin de l'univers, c'est tout ça qui me fait souffrir.

— « Et pourtant, dit le père, tu as vu des courses de taureaux en Espagne. »

Le petit n'avait pas entendu. « Oh! c'est tout gris et tout vert, et ce sont des petites taches pâles qui vont, qui viennent, qui sont les hommes. Ils se tiennent leur menton et leur menton tremble et leur main tremble, et ce sont des fantoches et des leurres divers et des canailleries pas si diverses et la même pauvre méchanceté et la même monotonie, et c'est tout noir et c'est tout gris. »

— « Et pourtant, dit le père, il y a de belles filles à Séville. »

Le petit n'avait pas entendu. « Ah! de ce noir, ah! de ce gris, sortent des âmes, sortent des flammes. Lueurs qui courent sur des ténèbres sans prestige! et, de ce chaos terne, du milieu de ces fantoches surgissent des fantômes : c'est de la pureté, c'est de l'ardeur, c'est du génie! C'est Goethe, c'est Shakspeare, c'est Napoléon! Que n'est-ce pas?

« Et pourtant, dit le père, tu as lu Don Quichotte en Espagne. » Le petit n'avait pas entendu. « Oh! s'écria-t-il, ces âmes, ces flammes, les sentir autour de soi, les sentir près de soi, être réchauffé, être rafraîchi, et grandir près elles!... Oh! leurs chuchotements, leurs confidences, leurs encouragements, leur amour! Et c'est un élan qui vous vient vers les masses à entraîner et vers cette paix et ce délice, l'azur du ciel... » Il allait continuer, et le père n'avait rien à dire, mais il était agacé. Et il parla.

II

« Mon fils, dit-il, nous sommes une famille de

myopes. Penche-toi vers ce frisson nuancé, argenté d'un argent un peu humide, vers ce frisson fluide et ondoyant qu'est mon œuvre, scrute les fins de phrases, pèse les chutes et les replis, et tu verras que le secret de leur force, de leur jeunesse et de leur douceur, c'est un reflet de geste, un reflet de larme et le reflet d'une petite étoile sur un drame ou sur des yeux de femme. Détails qui vont, qui viennent, qui se suivent, qui se pénètrent, qui s'agglomèrent, pointes d'émotion qui, d'élément en élément, se fondent en une émotion même et voltaïque, ça reste des détails et de petites pointes et des scintillements inconsistants et sinueux ramassés par terre, dans la boue, dans la poussière d'humanité par mes yeux souffrants et la souffrance de mon monocle. Et qu'est-ce que ma gloire? Un refrain qui traîne, qui traîne parmi des naïvetés et des trahisons et un petit bout de cœur qui passe, qui passe, qui se soulève parmi des désillusions et des misères et un cri qui roule à travers Tarascon, à travers les Alpes et à travers l'Afrique, et les perles fausses de la couronne royale, et la petite mort du duc de Mora et des émirs, des pauvres gens, des froissements de dentelles et des froissements de délicatesse, le nez faussé de Paul Astier, le « m'ami » de Sapho et les courts cheveux de Colette, repoussant, coquets et espiègles, en l'oubli de la lourde chevelure dormant là-bas, là-bas, dans le mausolée du héros...

D'autres diront que c'est exquis et conteront leur
fièvre et leur attendrissement en leur processus
réglé comme une procession de chlorotiques ; d'autres rappelleront la lente et légère envolée des
rêves et la promenade des fées qui montaient de
mes mots à leur front ; d'autres chanteront le
retour de leur jeunesse et de leur vertu et de leur
beauté qui, fraîches de la fraîcheur de mes pages,
et pâles, s'en venaient les caresser, papillons d'un
crépuscule : ce n'est pas à moi à me louer. J'ai
seulement à te redire combien c'est ténu et frêle
et petit. Ténuité trompeuse ? Opale taillée dans le
roc et fac-similé de pleurs — en granit ? Et c'est
solide ? et c'est, éternelle, à la même page, la même
fuyance et, même, le même sentiment qui paraissait si divers, si trouble et d'une si indéfinissable
puissance et d'une saveur si complexe, le sentiment qui semblait suspendu dans un éther irréel,
et rattaché à la terre par un seul cheveu long et
flou d'agonisante ? Et c'est une hésitante bulle de
savon, une bulle de lueur de ciel qui s'arrête, sans
le vouloir et sans en être moins pure et moins
subtile et moins preste, en son élan vers le ciel !
Halo qui demeure, brouillard qui s'érige ! Mais
pourquoi ? N'est-ce pas parce que je me suis penché
vers les choses et que j'ai peint des taches humbles,
parce que j'ai tout vu en petit, jusqu'au Mont
Blanc, jusqu'au soleil ? N'est-ce pas parce que j'ai
été sage, parce que je me suis appliqué ? Moi aussi,

j'ai eu de la fantaisie ; moi aussi, j'ai été poète et
je me suis senti de la sympathie pour les nuées,
pour Shakspeare et pour Gœthe ! Et je les aurais
peints, si j'avais fixé sûrement, par delà l'espace
et les siècles, un pouce de leur habit, un friselis de
leur perruque ou l'ombre de leur sourire. Mais
c'est un leurre que de croire évoquer ces fantômes
et leurs phantasmes en criant : « Shakspeare ! »
ou « Faust ! » et en s'écoutant ensuite trembler de
l'écho de son cri. Oui, je sais bien, des batailles
et des idylles et des reculs de prunelles et des
rêveries lourdes, mais c'est à la portée de tout le
monde, et rien n'est si connu que le lyrisme, le
lyrisme qui tinte et qui tinte pour soi seul, dans
le vide ! Ah ! mon enfant, défie-toi des devoirs
d'école ! Et je ne me suis, moi-même, pas assez
défié des devoirs d'école. L'*Immortel*... »

— L'*Immortel* n'est pas un devoir d'école, dit,
impétueux, Léon.

— Laissons, laissons, répondit le père. Il n'y
a rien qui prête plus au devoir d'école que les
œuvres de rancune, de haine, d'impatience. On se
dit : j'y vais verser goutte à goutte mon cœur et
on y tâche, très franchement. Mais voilà : des res-
souvenirs viennent des choses les plus vibrantes
et les plus violentes qu'on ait jamais écrites, et ce
sont des compositions de concours général ou des
narrations de seconde, discours de Mirabeau, discours d'Etienne Marcel ! Ah ! si on se servait du

petit nègre! Mais par aventure ce seraient des
compositions de concours général ou de seconde à
la Pointe à Pitre ou à Dakar. » Le petit réfléchit
un instant et n'osa pas comprendre.

— Alors *les Kamtchatka, les Morticoles!...*
C'étaient des mots qui sortaient tout seuls.

Une dolente amertume courut dans le rire
d'Alphonse Daudet.

III

« Ah! mon petit! mon petit! Devoirs d'école,
devoirs d'école et le plus strictement du monde et
de l'horreur la plus mesquine, puisque ce ne sont
même pas des devoirs d'école, puisque ce sont ces
devoirs prohibés que sont les pamphlets d'étude,
pamphlets contre le professeur, contre le pion,
contre les camarades, centons et remembrances de
fautes et de truismes et de fausses élégances! Ah!
le paysage de tes livres! C'est une cour de lycée
et de lycée de province, la cour des moyens. Grise,
et un coin d'ombre où l'on est tranquille, à trois
ou quatre, où l'on peut s'asseoir sur de la pierre,
railler, conspirer, s'aigrir et s'embêter. Les autres
se promènent, philosophent, bondissent, jouent :
ce sont des cris, c'est de la joie. Les trois ou quatre
ne rient pas : ils branlent la tête et raidissent des

rictus, et des dents se prêtent au caprice de la
lumière. On happe un mot, on éternise une perfidie de maître ou une gaucherie d'ami. Et le temps
passe et, sans progrès, sans effort, on continue. Tu
es entré dans la vie non avec une âme ardente et
d'indignation prompte, mais avec une âme de mauvais élève, simplement. Tu la mets en valeur, tu
tires dessus avec les dents. Une salle de garde, des
malades, des agonies : il serait si simple de se
laisser enfoncer mollement en l'infini de la souffrance, en la tiédeur de la mort et en l'indulgence
de l'éternité : on a du lyrisme au cœur, du lyrisme
dont l'emploi est tout trouvé : l'au delà est ici, à
deux pas, dans une poitrine sur laquelle il faut se
pencher à tout instant et la pitié qu'on a n'a qu'à
prendre son essor : on a toute la misère autour de
soi : c'est une heure, une nuit de tristesse et d'âpre
recueillement, c'est une nuit de l'angoisse la plus
noble et la plus féconde et la plus tyrannique, et
c'est une heure et une nuit de prière aussi, d'élan
vers Dieu, de voisinage avec Dieu qui se baisse
pour guérir, pour assoupir des plaintes, pour
cueillir des âmes. Non ! tu ne t'enivres pas du
poème et de la douceur et de la superbe de ces bles-
sures, de ces plaies ; tu songes à des médecins, à
de petits ridicules, à de petites infamies, et tu
prends ces corps agonisants pour en frapper tes
collègues et tes agrégés. Tes dégoûts d'homme,
tu les « pousses » en charges de rapins, en satires,

en déclamations de cabarets et, au lieu d'écrire le
Livre de la Maladie, le Chant du Grabat, tu écris
un roman à clef et dont la clef est un passe-par-
tout! Et tu entrevois cependant la semence d'élégie
et le thrène vagabond qui vont et qui montent, et
tu aperçois les divines illustrations du Livre de
Job! Pauvre garçon! Ah ! de la force et de l'âpreté
et un tempérament! Oui, oui! du bouillonnement
et le bouillonnement d'un bouillon de culture et
un grouillement d'appétits, de vices, de bassesses,
de sursauts et de haut-le-cœur, tels des microbes
en un crachat. Et ce sont des promesses et déjà,
çà et là, hélas! des promesses mi-réalisées : c'est
donc de plus en plus un devoir d'école. Il y avait
de belles choses, de bonnes choses dans *Haerès* et
dans *l'Astre noir;* il y avait un peu de trouble au
fond duquel il y avait peut-être quelque chose :
troubles encore, *les Morticoles* : il fallait continuer.
Hélas! ce furent *les Kamtchatka.* Ah! c'était clair
et c'était lisse et c'était bâclé. Rien, rien du tout.
Un sujet perdu — et un livre qui restait à faire...»

Mais Léon l'entendait sans amour parler des
Kamtchatka. Il eut un geste d'impatience qui fut
un geste dolent, un geste de désespérance.

« Oh! fit-il, si c'était seulement un devoir
d'élève et un mauvais livre. Mais c'est plus et
c'est pis : c'est un livre d'incompréhension.

Sourire qui vogue, qui va, qui court, un peu
gêné et avec plus d'intention méchante à cause de

cette gêne, et parce que gêné, avec plus d'impuissance, rire qui sonne faux et qui sonne le glas et
qui n'est pas gai et qui n'est pas triste non plus,
qui n'est pas, ah! c'est un rire qui me coûte et que
je ne pouvais pas éviter. Même — et c'est là mon
malheur — je ne puis, malgré mes efforts, arriver
à le regretter. Ah! quelle chose superficielle!
quel vide! quel pitoyable essai de méchanceté
autour et envers des cas si disparates, des hommes
si divers et si lointains qui sont réunis, dont les
simulacres et les fantômes sont liés de ce leurre
de lien qu'est un titre et une plaisanterie! Et ce
qui me peine et ce que je puis voir, vraiment,
c'est la médiocrité de mes aspirations, de mon
idéal, de mon horizon et de mon âme et de ma
critique. Pas de distinction entre Moréas, ce bœuf
qui aurait ruminé du Ronsard et la quintessence
de nuées qu'est Mallarmé, entre ce pauvre homme
d'un fiel involontaire et adventice, d'un illumi-
nisme laborieux et touchant qui est Léon Bloy et
tel autre catholique de moindre envergure. Et la
massue en baudruche qui sous ma main se
joue!... »

Et Alphonse Daudet, sans rien dire, songeait à
cette myopie de famille qui jadis lui avait montré
ce qu'il était honteux de voir, le ridicule de *Baghâ-
vat* et de Leconte de Lisle, sans lui en révéler
l'âpre somptuosité et la grandeur, et il revivait les
sourires du *Parnassiculet contemporain*, les sou-

rires qu'il n'avait pu réprimer envers Mommsen et
sa science, envers le pauvre Astier Réhu, envers
tout, et il s'attristait et il lisait dans l'atmosphère
les pages que lui avait consacrées Tourgueneff et
d'autres pages moins indulgentes.

Et le petit avait maintenant réussi à se détester
tout à fait. Il cria d'une voix misérable :

« Père, père, je crois que je n'ai pas une belle
âme! »

Alphonse Daudet devint plus triste et ne répondit pas.

Léon, qui y mettait de la bonne volonté, répéta,
les yeux brouillés de sincérité :

« Père, père, je crois que n'ai pas une belle
âme! »

Un flot d'humilité et d'ennui lui empourpra la
joue. Suppliant, les yeux plongés dans les yeux
de son père, il gémit : « Je crois que je n'ai pas
une belle âme! »

Alors Alphonse Daudet, comme un pontife indi-
gent contraint de refuser une bénédiction, comme
un Dieu qui ne peut donner la paix à un cœur,
ouvrit ses mains, ses pauvres mains qui, pâles et
longues, pâlirent longuement et, lentes, entrèrent
dans l'ombre. Puis, sa face aux lèvres lasses se
leva vers le soleil mourant. Les boucles lasses de
ses cheveux et les pointes tombantes de sa barbe,
tous les poils malades qui, en une même mélancolie, se courbaient en plaintes courbes, varièrent

leur plainte sous le baiser fuyant du soleil. Et
Alphonse Daudet se souleva un peu vers la lumière.
Ses mains revenaient sans hâte aux bras du fauteuil et, sous la lumière, son corps et sa face se
vêtirent de majesté. Sa face, maintenant, en pleine
lumière, étalait ses plis, sa fatigue et sa douleur.
Il semblait que toute la fatigue et toute la douleur
du monde et toute sa résignation aussi étaient
venues en cette face. Et cette face était sans
reproche, la tache de ses yeux allait infinie sous
l'arc de souffrance des sourcils. Et l'on eût cru que
c'était non du soleil en sa mort, mais de la douleur et de la résignation de cet homme toute résignation et toute douleur que venait l'éclair pâle
et la flamme qui éclairait sa face pâle et pure. Et
l'on sentait sous ces yeux, sous la chair, l'âme
de cet homme qui rayonnait en sa douleur. Et le
souffle de son fils jetait toujours vers lui : « Père,
père, je crois que je n'ai pas une belle âme! »
Alors, tout blanc et de grisaille noble, tandis que
sa main montait vers le ciel et qu'il semblait y
être appendu, le père, apôtre et martyr, ferma les
yeux et sa bouche frémit dans l'ombre; puis,
d'une voix qui sortait des au-delà les plus subtils,
d'une voix qui sortait de l'antre des Vertus, d'une
voix de limbes, d'une voix de séraphin en exil,
Alphonse Daudet, parmi des souvenirs, gémit :

« Et moi? »

Juin 1895.

L'APOLOGIE D'ÉMILE ZOLA

A Monsieur Mallarmé.

Stéphane Mallarmé.

L'APOLOGIE D'ÉMILE ZOLA

Sans le regarder, sans le voir, M. Émile Zola se tourna vers son visiteur et, tout de suite, sans arrêt, sans hésitation, sans malice, sans réflexion, sans effort, sans pensée, comme s'il écrivait — il parla :

— « Ah ! ah ! fit-il, encore une interview, encore une interview ? Mais que me voulez-vous ? Et pourquoi une interview ? Est-ce que mes interviews ont jamais appris quelque chose ? Et pourquoi vous acharner sur un pauvre homme ? Parce que je suis doux, parce que je parle ! Belle affaire ! Et vous pourriez si bien, mon ami, faire autre chose, un livre, que sais-je ? Oui, je parle. Et je parle pour ne pas vous faire de peine et

aussi pour me reposer. Ne m'interrogez pas sur
Rome, ne m'interrogez pas sur *Lourdes*, ne m'interrogez pas sur *Paris*. Lisez-les ; qu'on les lise, et
je n'en demande pas plus. Je suis un pauvre
homme, je suis un brave homme. J'ai écrit des
livres. J'ai dit à vos aînés comment je les écrivais,
à quelle heure, à combien de lignes par heure et à
combien de ratures par ligne, à combien d'idées
par hectomètre et à combien d'encre par méta-
phore. Je ne vous répéterai pas ces détails : ils
appartiennent à l'histoire. J'ai, si vous voulez, des
confidences à vous faire. Je vous dirai donc —
sans plus — *pourquoi j'ai écrit des livres.* —
Mon enfance? Vous la connaissez, tout le monde
la connaît, et ma jeunesse et mon bachot et mon
huile et ma misère. — Eh bien! *tout cela n'est pas
vrai* : ce sont inventions, et ce sont sourires,
et retenez bien ceci, monsieur j'aurais eu une
enfance, j'aurais eu une jeunesse, jamais je n'aurais publié une ligne. Je suis donc né à vingt-
cinq ans peut-être ou à trente, à Nîmes, à
Saint-Denis ou à Gênes — peu importe. Et qu'on
ne me reproche pas d'être né tantôt à Nîmes,
tantôt à Saint-Denis, et tantôt à Gênes ; je ne sais
pas, vraiment je ne sais pas. Mon état civil est
faux, et qu'on ne me jette pas à la face les articles
ou les livres qui parurent sous mon nom il y a
vingt-six ans ou il y a trente et un ans : ce sont
choses que mon amie la Force des choses fit

après coup, en passant, pour me rendre service.
L'important, n'est-ce pas (il baissa la voix comme
s'il parlait de l'Académie), était de ne pas effarou-
cher les hommes, de leur faire croire que j'avais
préparé mes succès, que j'avais échoué, travaillé,
peiné comme un autre homme. Or, je ne suis pas
un homme. Que suis-je ? Un Dieu sans doute ou
— cela est certain — une Puissance extra-ter-
restre. Et je vins sur la terre quand ça vous fera
plaisir, en 1867 si vous êtes impressionniste, ou
en 1876 si vous êtes naturaliste. Et je ne vins pas
sur la terre : j'y fus lâché, comme ça, tout d'un
coup : le char du soleil, ou la barque de Lohengrin, ou un flot de lave, me plaqua, mal éveillé,
dans une rue, et s'en fut. Je m'éveillai, je m'éton-
nai. C'est le secret de ma fortune et de mon génie.
J'en sais plus d'un qui pose « pour celui qui ne
s'épate pas ». Je suis, moi, *celui qui s'épate.* Et
j'ai toujours été celui-là. Songez. Longtemps,
longtemps — combien de temps ? — je m'attarde
parmi les cieux, parmi la mer ou parmi les toiles
de Cézanne, et, sans en avoir vu même en des
kaléidoscopes, je vois des formes qui marchent,
qui crient, qui titubent — des hommes, enfin. Des
lignes qui serpentent, des masses qui s'écrasent,
de la sottise, de la méchanceté, de la raillerie, ce
sont des nez ou c'est une bouche ou c'est un œil ;
et des crins ou de la soie, de la blancheur, des
roses, de l'ocre, du vert : ce sont des joues, ce

sont des cheveux, ce sont des gens. Ah! ce n'est
pas du mystère pour vous, et vous ignorez l'étrangeté du dessin, la fantaisie du geste, l'horreur de
l'être. Vous vous en moquez, vous passez au travers, sous prétexte que, vous aussi, vous êtes
comme ça et que ça a toujours été comme ça. Mais
moi, je ne savais pas. Et je regardai. Oh! la stupeur! oh! ces hommes qui passaient parmi les
caprices des nuages et parmi le caprice du crépuscule, hommes aux pommettes changeantes et dont
les paupières frémissaient et dont la bouche trem-
blait, et ces étoffes qui s'agitaient sur eux et les
sourires et le timbre des voix et autour d'eux, en
eux, par tourbillons, par jets ou par théories
pauvres et honteuses et fuyantes, des angoisses
et des passions, des bruits, — et c'étaient des
bruits de voitures et des bruits de meurtres et du
vacarme et du chaos et des lueurs et du silence :
je ne compris pas, je portai mes mains à mon
front, j'écoutai, je contemplai, je marchai.

Ce fut un jour, ce fut une nuit, ce furent des
pas, et le même spectacle me suivit, me domina,
me prit. Et je fus la chose de ce bruit, de ce
monde. Au bout de quelques mois j'avais découvert, *j'avais inventé les hommes.* »

Il s'arrêta comme aux moments où son asthme
le gêne — sur le Pont des Arts. Puis :

« Oui, je les avais inventés, reprit-il. Et je les
avais inventés comme j'inventai plus tard l'ivro-

gnerie, la bourgeoisie, les Halles, la peinture, la Bourse, les Églises et la science. Qui, avant moi, s'était avisé de l'existence des hommes ? Qui avait soupçonné leur mystère et leur force, et leurs vices et leur simplicité et leur misère ? Qui les avait étudiés avec une égale bonne foi, avec une égale passion, avec le même tremblement ? On les avait laissé passer parmi les pages et parmi les lignes ; on les avait regardés de haut, de loin, sans ardeur. Moi, je me haussai, je me raidis vers eux, béant, et les clous de leurs souliers, la masse de leurs pieds, les varices de leurs jambes, tout attira, par delà mon lorgnon, la flamme de mes yeux. Ah ! j'avais bien à me soucier du ciel peut-être ou du reste que je connais, d'où je venais, mais ces hommes qui se jetaient tout d'un coup devant moi, parmi moi ! Et je les décrivis, je les chantai, je les criai. Pour qui ? pour moi — en ma langue. Cette langue, c'était celle où les lions de l'Inde jadis et les tigres auraient conté les premiers hommes et celle où les bêtes d'Égypte auraient conté Moïse et les ermites et les chrétiens, et c'était une langue de lyrisme et de naïveté, noueuse, forte et d'odeur forte, une langue de fatigue, une langue d'images et de brisures, massive, avec des efforts et des ahans et des élans, et qui s'essouffle et qui s'altère, mais qui résiste, qui va à son but, qui dit tout ce qu'elle veut dire, tout ce qu'elle a à dire. Et c'étaient, je le répète, des livres pour moi. Ce monde était si extraordinaire! Sans doute ça ne durerait pas toujours, ça ne durerait pas ; il allait disparaître, s'abîmer dans un praticable comme une mauvaise féerie, et je resterais seul avec mon étonnement, avec le souvenir de mon étonnement! Ça dure encore! j'attends encore! Et à cette époque où je croyais que je n'aurais pas le temps de finir mon premier livre!... »

Il eut un rire de capitaliste qui parle de sa deuxième pièce de cent sous.

Il continua : « Le livre se termina. Comment se trouva-t-il un jour édité, imprimé, publié? C'est toujours la Force des choses. Et les hommes le lurent, et les hommes s'étonnèrent. Ils n'avaient pas tort. Le feu de ma gorge les prenait à la gorge, et vous n'attendez pas de moi, n'est-ce pas, une suite d'épithètes et de métaphores à cette fin de rappeler mon succès? Il me vint des admirateurs, il me vint des disciples. Quels! Et notez bien l'irréalité de ces hommes. Qui a connu un Hennique? qui a connu ce falot Margueritte? ce cauchemar pour nourrices bretonnes, Maupassant, Céard, météore pour pièces du pape, Huysmans, ce soupir de sacristain un peu sorcier ou Rosny ou Guiches? Ce furent fantômes dont on vous trompa. Et ces fantômes disparurent peu à peu, tandis que mes étonnements s'obstinaient. Et c'étaient de nouveaux chefs-d'œuvre.

Et c'était — et c'est — un œuvre.

Monuments sur lesquels passe, comme une éponge d'or subtil, la caresse du soleil, piliers autour desquels se noue le collier de l'or et du soleil, masures lézardées parmi les lézardes desquelles s'enfonce pour amuser les derniers instants d'un vieillard le rayon pâli du soleil, et la lune sur des têtes rousses de femmes et sur des agonies d'enfants — et, parmi des hoquets et des plaintes, la tache glacée de la lune, — et — comme jetée au ciel par des jets de fumée et par l'âme des locomotives, l'âme pâle de la lune — et des fleuves et des mers et du fiel et du dégoût et des vices et l'immense ondulement des champs et des bruits, et du bruit, et tous les bruits et les caresses et des soupirs et toutes les nuances de l'angoisse et des coups de feu et des cupidités, et toute notre époque et tous les vomissements et toutes les flaques de boue, d'argent et de sang, tout, tout, le blanc nuage de la foi et les râles de la faim et les bancs des cabarets et les bancs de la Chambre des députés et les maladies et les chaises des églises, j'ai tout vu, j'ai tout regardé, j'ai tout dit ! »

Il devenait frénétique.

« Qu'on prenne mes chapitres, qu'on les tâte, qu'on les pèse : ça a du relief, ça a du nerf, ça a de la chair ; c'est de la virilité, c'est de l'énergie et c'est de la candeur, ça tient debout, c'est d'attaque, ça vit, ça grouille et c'est du labeur et c'est, n'est-ce pas? de l'émotion. Oui, ça grouille et ça marche et ça vit et c'est loyal. Des trucs? Mais des trucs si modestes et si proches! Ah! ce n'est pas moi qui vais chercher des hallucinations dans de l'opium ou dans de l'éther! Non, non, je ne suis pas un farceur. J'écris : c'est tout mon secret. Et ça existe, et c'est de mes pages que sortent toutes les pages d'aujourd'hui : c'est à moi qu'on prend tout et je laisse faire; je suis riche. Et je ne me soucie pas des éreintements, des dénigrements, des railleries et des injures : ce sont des jeux d'enfants, d'enfants dont je suis le Père. »

Il répéta : « *Je suis le Père.* »

Il avait des gestes de gros homme qui se baisse pour chercher du poids, de l'importance, pour chercher sa graisse, et il semblait gêné de se trouver étique et hâve devant quelque chose de touffu, de moussu, de bouillonnant : on eût dit M. Jules Renard à la porte du Paradou.

Il se tut un instant, se calma et sourit.

« Ai-je été assez humble! me suis-je assez retiré de la vie! Ai-je assez vécu dans l'ombre de mes livres! Du travail et de la foi! Et ce n'était pas ma faute. C'était ma destinée qui me faisait humble, qui faisait de moi le prisonnier de mes mots : *J'étais venu, je suis venu ici pour écrire des livres, pour écrire des livres — uniquement, sans plus!*

Longtemps, longtemps ça dura : je ne me doutais pas de la chose. Et, quand je m'en aperçus, je voulais faire joujou avec ma destinée. Alors ce furent des articles, des voyages, des interviews et des phrases de brave homme, de pauvre homme, mais d'*homme*. Et vous comprenez combien ça m'amuse de parler, de me promener, de présider la Société des Gens de Lettres, de me présenter à l'Académie. Ce que je fais ne vaut pas grand'chose et, évadé de ma page, je parais plus ou moins ridicule, mais peu importe : ce sont des farces : je mystifie la Nature, les Dieux, le Ciel, tout, — et je cesse d'être la formidable machine à écrire que je dois être et je m'amuse, je m'amuse, et quelle volupté ! »

Il s'arrêta avant de lancer à son malheureux visiteur d'autres plaisanteries et commença à le regarder. Il remarqua d'abord qu'il n'avait pas pris de notes, et il remarqua ensuite qu'un malaise le prenait. Et le visiteur indiqua, d'un geste,

Zola.

la masse des volumes et la masse des locomotives, des cabarets, des canons, des pelles et des char-

rues qui y sommeillaient, puis, d'une voix tranquille :

« *Tu ne me reconnais pas, fit-il. C'est moi qui,
il y a onze lustres peut-être ou vingt siècles — ai
acheté ton âme — au poids.* »

Juin 1895.

INTÉRIEUR

(TROPES, TROPHÉES, SITES ET FLUTES)

A Tristan Bernard.

Tristan Bernard.

INTÉRIEUR

·(TROPES, TROPHÉES, SITES ET FLUTES)

———

Par un ciel souriant d'un sourire d'automne,
Le poète José-Maria maria
Son enfant à l'enfant qui, grave, séria
Des vers d'hysope et d'or, de fièvre et d'anémone.

Et ce furent des jours de beauté monotone,
Des poèmes que le poète dédia
A celle qui, sans que rien n'y remédiât,
Sœur du songe, songeait sur du papier d'Essonne.

Or, tandis que le ciel, pourpre de pourpre émue,
Alanguissait son rêve et, tandis que la mue
Des poissons s'épandait sur les pois de Poissy,

Hérédia, dressant sa barbe de stratège
Vers la lune hésitante et son pâle cortège,
Dit : « J'ai fait un sonnet superbe. Le voici :

Hérédia.

I

Ils fuyaient leur horreur. La nuit, d'une horreur
                                      [moindre,
S'entr'ouvrait devant eux, frémissante : leurs yeux
Dans l'ombre épouvantaient des démons envieux,
Et leurs mains — vers quel Dieu ? — semblaient se
                                      [vouloir joindre.

Mains de fiel et de sang, de sang qui sut les oindre
Et de fiel qui, fécond, jaillit jusques aux Cieux !...
Haletants, ils fuyaient vers le jour oublieux,
Jour de paix, jour lointain qui refusait de poindre...

Sachant que tout s'était passé suivant les règles,
Le proconsul, tremblant de voir trembler les aigles,
En ses vasques de marbre et ses amphores d'or

Recrachait, éternel, le fiel qu'on LUI fit boire...
Une mère pleurait sans fin son enfant mort,
Et, calme, entre deux croix, la Croix saignait sa gloire.

Hérédia.

II

Les étoiles coulaient plus lentes : fiel épars
Et le tragique épars et la douceur éparse,
Tout paraissait à Jéhovah meilleure farce
Que les concertos de divers Jesse Sheppards [1].

Et la lune faisait jouer de toutes parts,
Sur le front de José, ses lèvres et son tarse,
La caresse de sa tristesse. Lasse et marse,
Une branche de lys pleurait, comme aux départs.

Et c'étaient des senteurs d'élégie et d'avoine...
D'obier, de liseron, d'urgèle et de querdoine
(Fleurs que Mendès cultive en ses jardins d'hiver).

Un bouquet frémissait près d'un pantalon vert
Et de la pourpre d'un antique angusticlave.
Mais Monsieur de Régnier restait correct et grave.

1. Pour tous renseignements sur M. Jesse Sheppard et son
secrétaire M. Tonner, s'adresser à M. Stéphane Mallarmé qui
conte ces concertos — tels et tel !

III

Chanson de Henri de Régnier.

« Sur la route
(Pleure lentement, fleuve, ton eau t'écoute,
Et les nymphes, au fond, s'endorment, l'œil ouvert
Sur les plis de leur corps à l'eau berceuse offert)
        Sur la route
(Pourquoi courir, fleuve, la mer est douce
Et t'attend, si patiente et si languissante,
Dans le golfe que hante
Le souvenir de la détresse de Sappho,
De son baiser suprême et du spasme que l'eau
Subit sans le savoir désirer,)
            Sur la route,
(Ah! pourquoi te perpétuer en ta déroute,
Fleuve, et perpétuer ta fuyance du lieu
Où tu vis, parmi ses chèvres et ses génisses,
Lycoris aux yeux purs, svelte, à la blondeur lisse,
Farouche, comme un faon blessé par un épieu?)
Sur la route,
(Fleuve, tu la verras toujours, belle et farouche ;
Peut-être (espère !) un lys qu'aura mordu sa bouche
Tombera de sa bouche en ta bouche infinie,
Et roulera, parmi le thrène et la nénie
Que va chantant ton eau qui, funèbre se voûte
                Sur la route)

Sur la route qui se rouille et s'endeuille toute,
Tous les lys sont penchés,
Tous les lys sont lassés ;
Ah ! pauvres lys, — sous on ne sais quel vent de
[doute, —
Ils se courbent et s'apeurent et se vident,
Balbutiant des lieds,
Et lèvent vers le reproche des astres proches
Leurs tiges de reproche :
Le temps des lys est passé
Sur la route...
Mais puisque tu veux rester triste, fleuve triste,
Fleuve de rouille et de lointain et d'améthyste,
Fleuve à l'eau de passé, de penser, à l'eau pure,
Coule et meurs parmi les pleurs et laisse mourir
La chanson faite pour cadencer tes soupirs
Et pour mettre des mots humbles sur ton murmure. »

IV

Une stupeur clouait au ciel les astres pers,
Et la lune, en son azur las, se sentait molle ;
Les astres et Séléné cherchaient le symbole
Que cachait la ténèbre lisse de ces vers.

Le symbole ! Le vrai ! Le seul !... hélas ! divers
Symboles paraissaient très plausibles : plus gnolle,
La lune parlait de retourner à l'école
Et les astres disaient : « Tu parles ! » Les enfers

— Supplice plus affreux que le gril, la nécrose, —
Demandaient le symbole aux âmes des maudits...
« Ah ! vers au fond desquels se trouve quelque chose ! »

Vers qu'on propose en vain à tous les Inaudis,
Je vous hais ! — fit José parmi les orchidées :
Je suis Celui-Qui-Met-En-Fuite-Les-Idées !

V

Je suis Celui-Qui-Met-En-Fuite-Les-Idées,
Et quand vers elles je m'avance d'un pas lourd,
Du pas dont vers Arz-Roum marchait le beigh Timour
— Mais ses manœuvres sont-elles élucidées ? —

Elles s'envolent, si légères ; évidées !
Hautaines comme des flots de dentelle à jour,
Et douces et moqueuses et fuyant autour
De ce pauvre homme que je suis, aux mains ridées !

Elles me frôlent, me soufflettent de leurs ailes ;
Impuissant, je soupire en les voyant si belles,
Si lointaines et si proches ; — c'est un record !

Mais pour me consoler de leur fuite sereine,
Pour oublier leur haine et ma chaîne et ma peine,
J'ai l'admiration de Monsieur Melchior !

VI

Ah ! j'ai dit les consuls et les pierres tombales [1],
Les amours des bergers et Lucullus, les soirs
Que le mauve d'un golfe avait teinté d'espoirs
Et les sourires des reines et leurs opales.

J'ai dit Hercule triomphant, j'ai dit les dalles
Qui pleurent sous les pieds nus des pénitents noirs,
Les ergastules et les rostres, les manoirs,
Et leurs candeurs et leurs potences amicales.

Et j'ai dit l'Ilissos et le Mississipi,
Les vierges que peignit Fra Filippo Lippi,
Les pourceaux et les conquistadors des Pizarres,

Les boucliers ouvrés et les présents offerts.
Oui, j'ai souffert ces jeux et ces leurres bizarres !...
Ah ! faire de l'éternité quatorze vers !

VII

Dire en quatorze vers les juges, les prophètes,
La harpe de David et Paphos et Pathmos,
Le Jourdain, le Léthé, Jérusalem, *ut mos*,
Versailles et l'horreur de la salle des Fêtes,

1. Il y a ici des inexactitudes à admirer parce qu'elles synthé-
tisent — oh ! sans en avoir l'air.

Dire les au-delà, l'au-delà, les Hymettes,
L'au-delà d'Esar, celui de Charles Cros,
L'infini qui s'épand au-dessus de nos los,
Les Edens de Jean-Jacques en aval des Charmettes !..

Hélas ! ce n'est pas moi qui ferai ce sonnet :
Pour moi Dieu n'est jamais que trois piliers de temple,
Deux cierges, un bedeau, le chantre et son bonnet,

Et l'azur des vitraux, l'orgue, le surplis ample :
Je peins ce qui se voit, ric et rac, flic et floc :
Je suis l'Homme des blocs et des rocs et du toc. »

VIII

Il avait dit. Et des sanglots vers sa paupière
Laissaient monter l'argent des attendrissements,
Des larmes serpentaient avec des glissements
De boas, parmi son gosier, comme l'hierre.

Mais Monsieur de Régnier — tel un homme de pierre,
De son monocle menaçait les firmaments
D'hier et de demain, tandis que les amants,
Les fleuves et les Dieux et leur tristesse fière

S'en venaient longuement baiser ses longues mains.
Hérédia, stoïque à le voir héroïque,
Ne pleura point et but, sous la lune pudique,

Parmi des gongs captifs, des grogs américains...
Et par la ville, insoucieuse de ces choses,
Les femmes, en leurs lits profonds, lisaient des proses.

Juin 1895.

Henri de Régnier.

PAROLES DANS LA NUIT

Mendès.

A Jules Huret.

PAROLES DANS LA NUIT

———

30 juillet 1895.

Dans la salle où l'on venait de fêter ses éternels cheveux blonds et son tardif ruban rouge, il ne restait que des roses effeuillées, des assiettes mélancoliques, des verres brisés et des bouteilles vides. Il s'en était allé glorieux, souriant, jeune et beau et, parmi les acclamations et les applaudissements, en un respect, en une émotion affectueuse et fervente, nous l'avions accompagné jusqu'à son logis, d'ailleurs proche. Et lorsque, en un triomphe presque espiègle, il avait échappé, un peu railleur, à notre enthousiasme, à nos étreintes, au brouhaha de notre admiration languissante, il avait bondi légèrement parmi les marches de son escalier, plein de vie, plein d'ardeur, vers des œuvres nouvelles, vers de nouveaux chefs-d'œuvre...

J'avais accompagné un instant des amis qui parlèrent de tout et même du « Maître », et je revenais seul dans la rue maintenant déserte, lorsque, de la maison que nous avions tout à l'heure dévotement, indiscrètement saluée, une ombre sortit, furtive et lente.

C'était le poète.

Las, triste sans doute de cette joie qu'il lui avait fallu subir autour de lui et en lui, silencieux à cause de tant de paroles qu'il avait dû approuver, qu'il avait dû prononcer, il marchait d'un pas lourd, la tête basse, l'œil vide, les paupières gonflées, écrasé sous les fleurs, sous les toasts, sous

C. Mendès.

les mots de naguère, sous sa renommée et sous son néant. Des rides se dessinaient, s'accentuaient sur sa face de Dieu, un pli bridait sa bouche et ses épaules se voûtaient. Automatique, fantômatique, la barbe en désordre, les cheveux, moins blonds, voilant moins délicieusement un commencement de calvitie qui, suivant toutes probabilités, comme l'homme, comme son génie, comme son lustre, devait éternellement rester hésitante, il vaguait gauche, sans but, l'habit entr'ouvert, la chemise fripée, par la nuit pâlissante.

Pas de filles errantes, pas de rôdeurs, pas même de hâtes inquiètes. La ville s'étendait, en un calme alanguissement, sous le halètement des globes électriques ; elle se prêtait toute à la misère du poète, et il semblait que cette misère dût être solitaire, que rien pût la nuancer : une chaleur courait, non la chaleur de la mer d'Ionie, la chaleur de Judée et la chaleur des Élysées païens qui se joue parmi les jeux de ses contes, mais une chaleur incertaine et ridée, une chaleur hostile, — et ce Paris n'était pas le Paris qu'il avait vu par delà Cythère, Sion et Ecbatane, par delà Hugo, Banville et Villiers, ce n'était pas même le Paris qu'il avait trouvé, au sortir d'autres salles de banquet et des salles de spectacle : c'était un Paris sans majesté et un Paris sans horreur, ni splendide, ni lugubre, d'un gris où ne s'attardait ni bleu ni rose, d'un gris où ne menaçait pas du noir, d'un bon gris, d'un gris bourgeois, d'un gris odieux. Et, qu'on le désirât ou non, il était impossible de déchaîner, parmi l'espace, des épopées et des élégies : c'était du silence et du silence sans mystère : le ciel était si serein et si terne qu'il paraissait bâiller, et l'on n'imaginait pas de remords derrière les persiennes éparses. Et pour la première fois M. Mendès soupçonna qu'on pouvait dormir, comme ça, pour le plaisir. Et il devenait plus triste. Ah ! il aurait dû dormir, lui aussi, mais il n'avait pas même osé regarder le grand lit blanc, bridé et grave comme

un cheval de bataille, près duquel il s'était arrêté
un instant; il avait presque eu peur de lui et
quelque chose comme une pudeur, comme un souvenir trouble l'avait rejeté à la rue, la bouche
sèche, la gorge molle et âpre, avec la nausée du
vomissement. Plus de lumière, plus d'acclamations, plus de toasts, plus de brouhaha amical et,
parmi l'obscurité, les mots de glorification et les
cris d'enthousiasme lui revenaient, assourdis,
amers, lancinants, comme des injures, et il lui
semblait qu'il les mâchait, qu'il mâchait du reproche. Le décor s'aiguisait : plus sourds, les globes
voulaient s'éteindre, et le sommeil des gens devenait plus pur : M. Mendès sentit qu'il était tout à
fait seul et qu'il n'avait pas les sympathies du
décor, et, héroïquement, il résolut de s'en passer.
Mais sa sensibilité et sa sensualité le tourmen-
tèrent ; personne n'était là pour l'aimer, rien n'était
là pour le plaindre, et des chiens galeux, aux yeux
d'infini, ne sortaient pas de légendes scandinaves
ou du Cantique des Cantiques pour lécher ses pieds
souffrants, pour lécher les plaies de son âme — et
M. Mendès, tombant du haut de sa douleur jusqu'à
lui-même, condescendit à se plaindre et à s'aimer.
Comme un violon faussé, comme l'ulcère immense
du corps de Job, sa gorge se râcla de soupirs
rauques, et des mots vinrent qui gémirent : « Ville,
dit-il, sur laquelle pèsent, si proches et si bas, des
voiles de torpeur et d'hypocrisie, je te reconnais

pour t'avoir déjà vue. Et tu te nommes Sodome et
tu te nommes Gomorrhe. Ah ! tu dors et tu es
sereine et tu es vertueuse. Sodome dormait aussi
et Gomorrhe se faisait sereine, tandis que pesait
sur elles la malédiction de Dieu, car elles sentaient
peser sur elles la malédiction de Dieu, et elles
croyaient pouvoir l'éviter. Et la Mer Morte était
morte avant d'être frappée par Dieu ; tout était
mort, tout était calme, et c'est parmi ton silence,
ville, c'est parmi ton sommeil que Loth s'en fut,
mélancolique, et ses pas résonnaient seuls, s'attar-
dant lourdement sur cette cité qui allait redevenir
néant. Et le rut de Sodome ne revécut que dans
son cri d'agonie, dans son cri de bête trompée,
dans son rire de défi où le souvenir des voluptés
d'hier narguait la mesquine béatitude des cieux,
la mesquinerie du châtiment et des châtiments
éternels. Ah ! ville, tu es Gomorrhe et tu seras
cendre Et, comme Loth, je vais parmi ton vice.
Ville, ville, tu te fais plus grise et plus pâle :
déjà des blancheurs s'éveillent en toi et passent
fugaces sous les étoiles défuntes, et tu te fais
plus pure : dérision ! je connais tes péchés, ville,
et je sais que tu seras punie. Et moi, pauvre
pèlerin, je te quitte et je me retire de toi, parce
que je ne suis pas d'ici. Je suis né, comme ma
Pantéléia, de l'écume du ciel, et le ciel m'a donné
à toi comme il te donne le sourire du soleil, le
sourire des lys et le sourire des roses. Mais tu

deviens trop vieille, ville, et tu deviens trop grise. »

Il s'arrêta. Du mauve courait maintenant parmi des coulées d'un blanc livide. Et c'étaient des aspirations et des inquiétudes de femmes et de poètes qui mouraient dans le ciel incertain. Il continua :

Mendès.

« Je ne suis pas Loth et je suis un pauvre joueur de flûte. Non, je ne suis pas de ce monde-ci et je ne sais vraiment pas, pour être sincère, si je suis né de l'écume du ciel. Je vins en ce monde et ce monde vint à moi. Et, parce que ce monde me trouva joli et m'admira, j'admirai ce monde et je le trouvai joli. Et parce que ce monde me mit un luth entre les mains et des chansons parmi les lèvres, le luth devint plus beau entre mes mains, les chansons devinrent plus belles parmi mes lèvres et le monde s'étonna des sons que je tirai du luth qu'il m'avait donné des sonorités, des caresses, du mystère des chansons que je tenais de lui.

C'est que c'étaient des traductions. Et, ingénieuses, ingénues, consciencieuses, ornées, c'étaient de doubles traductions. C'était Éloa, et c'était Jocelyn et c'était *la Légende des Siècles* et c'étaient *les Contemplations* et c'étaient les chansons de Thérésa et les refrains de la Belle Hélène, l'érotisme de

Musset et l'érotisme d'Offenbach qui, en un rapide voyage, empruntaient de la langueur, de la profondeur, une obscurité lancinante et rauque et des manteaux chantants de mélopées, de métaphores, des ors de sable et du rose de ciel à la Galilée, à l'Arabie et à la Terre promise, puis, qui, avec des accords et des échos de harpes, avec un accent de là-bas et un accent d'au delà, revenaient frémir et sourire en la langue soudain plus ample, plus grave et plus légère de cette ville et de ce siècle. Et les gens ne virent pas que c'étaient des traductions, que mon inspiration, que ma Muse, c'était leur néant, c'était le néant et le souffle de cette ville, et ils se laissèrent stupéfier et charmer. Mais mon malheur fut de m'abandonner peu à peu — et bientôt — à la douceur de la ville et à la douceur de mes chansons. Et tout me grisa. J'oubliai les paysages du ciel et j'oubliai les étoiles et j'oubliai les Dieux. Hélas! j'aurais pu, sans fatigue, poursuivre ma carrière de joueur de flûte et de traducteur. Des romances passaient qu'il s'agissait seulement de mettre en vers — et en français, des femmes passaient qu'il s'agissait seulement de voir à travers des fleuves grecs et des fleuves hébreux, des aventures passaient qu'il s'agissait seulement d'orner de fleurs, de sang et de sourires. Et je me pris à aimer mes airs de flûte et ma flûte : je crus que les sanglots qui me venaient de la ville et des livres étaient mes sanglots, je crus que je faisais parler et prier mon âme et le leurre me posséda. Et maintenant je suis depuis longtemps *un homme*, un vieux homme, et je cherche en vain mes ailes et je cherche en vain mon âme et je ne suis même plus un joueur de flûte, je suis une misérable flûte usée, esseulée et veule. »

La ville devenait plus blanche. Les teintes blêmes perdaient de leur misère et de leur crudité; c'était bien du blanc qui venait, et un blanc conquérant, un blanc lustral. C'était une parure de fiancée que se permettait la ville, sous les nuages de tendresse et d'espérance, et M. Mendès fut plus triste. C'était le petit jour bientôt, et déjà des ombres allaient, encore vagues. Et — par hasard, n'est-ce pas? — ce n'étaient point des fêtards fuyant d'une orgie obstinée, ce n'étaient pas des créatures retour de débauche et laissant pleurer en glouglous, à cause de leur lassitude, la boue de leur cœur vers le firmament. C'étaient des ouvriers en route vers le labeur, des femmes en marche vers la peine, de brave gens qui allaient, sans regret du lit, sans lectures, sans réflexion, vers la souffrance féconde : un air plus âcre surprenait Paris, un souffle de travail, d'honnêteté et de résignation, — et le ruban rouge du poète saigna plus douloureusement. M. Mendès sentait quelque chose entre son être, cet air et ce peuple, une atmosphère d'étuve ottomane et de légende allemande. Il se lamenta :

« Jo, Lo, Zo, vous qui, fuyantes et toujours présentes, me persécutez de votre perversité, vous qui, sinueuses, interposez votre courbe entre la vie et moi et qui tout doucement me poussez vers je ne sais quel Barathre, Jo, Lo, Zo, qui sans cesse murmurez à mon oreille des mots que j'écrivis sans oser les prononcer et que je voudrais oublier, je vous hais, poupées d'irréel et de scandale. Mais c'est là une haine vaine. Et vous persistez, autour de moi, à bruire et à rire. Et c'est un autre rire encore que j'entends et qui m'accompagne partout, le rire de Méphistophéla, le rire du démon satisfait, du tortionnaire éternel qui rit de ce que je fus, de ce que je pus être et de ce que je suis ! Et ce sont d'insaisissables seins et des hanches savantes et des yeux qui tantôt sont vides, délicieusement, ardemment vides, tantôt s'aiguisent, et ce sont des verbes et des vices, des désirs et des voluptés falotes qui m'étreignent et m'oppressent ! Ah ! que je voudrais en un effort, en un essor, échapper à ce hideux cortège, échapper à cette terre de bassesse et de pauvreté et m'élancer jusqu'à la splendeur, jusqu'à la calme et loyale nudité des cieux... »

— « *Tu parles!* » fit une voix imprévue. C'était Georges Courteline. Musant, baguenaudant, flirtant avec l'agonie de la nuit et les vagissements de l'aurore, embarrassé, par delà un rempart d'éperons, de musettes et de ronds de cuir, de rêves et d'éclats de rire impatients, le poète de *Lidoire* restait sous le charme. Et les paroles de M. Mendès lui avaient arraché cette éclatante approbation. M. Mendès se retourna, béant, vers le secours qui survenait. Sans congratulations, sans formules, il saisit le bras de Courteline, s'agrippa, s'agriffa à la manche, nerveusement, d'un geste de vieillard, d'un geste de mourant, pour ne pas choir en une fissure avide du sol, et il tendit, et il jeta vers lui la détresse de sa face creusée, de ses paupières, de sa bouche :

« Ah ! râla-t-il, le ciel, le ciel ! Ah ! ces hommes qui vont, et ces narines de femmes et cette vie de plaisir qui déjà se rue sur Paris et sur le monde !

Le ciel! Le ciel! Et les rimes de Michel-Ange et Pétrarque et Virgile et Éloa et Pantéléia et le regard de Jésus! Lys lointains, songes lointains, fleurs de lointain et fleurs de lune, sourires de vierges martyres, toi, or impalpable du croissant d'Artémis, et toi, lait des vers de Théocrite, lait de la chèvre Amalthée, lait de la mère de Marie-Magdeleine, lait que but Jésus et que but sainte Cécile, et toi, sang du chêne de Dodone, sang de Sirius et sang de Phébé, vous, raisins de la Terre promise, toi, onde âcre du Jourdain, onde du fleuve d'Andromaque, vous, roses d'Elisabeth de Hongrie, vous, cheveux de la tête décollée de saint Jean-Baptiste et les pleurs d'Hérodiade, je vous veux, je veux votre saveur et votre fraîcheur et votre pitié pour calmer et purifier ma fièvre, pour me faire oublier ce monde, pour me rendre mon cœur et mon âme et mes larmes! Et vous, soupirs de Bérénice, et vous, soupirs de Chimène, soupirs de Cordelia, et soupirs de Portia et soupirs de Desdémone, il vous faut autour de moi pour que j'aie de l'innocence et de la douleur à respirer, et toi, mauve de la robe d'Iphigénie et de la robe de Fénelon, pourpre du manteau de Marc-Aurèle et du manteau de Louis de Bavière, vert de la vallée de Tempé et du lac de Starnberg, et toi, blancheur du cygne de Lohengrin, ah! frémissez là, tout près, et limitez de votre éclat lassé mon horizon et que des harpes me content Cybèle et me content Parsifal et me fassent

monter lentement, parmi des lys et des ailes
d'anges, vers les portes pâles du ciel! Ah! des
lys! et du ciel! et de la clarté! et de la candeur et
des élohims et du soleil et de l'éternité! »

Il n'appartenait plus à ce monde : ses prunelles
reflétaient, en leur pâleur, la pâleur des au delà
et la pâleur des saintes et les plus suprêmes béatitudes. Et toute sa face resplendissait des voluptés
d'en haut : la tête renversée, mirant dans le miroir
du firmament sa gloire, son bonheur et sa beauté,
il semblait maintenant'que, si de ses doigts, il
pinçait l'étoffe du vêtement de son ami, c'était
pour ne pas s'envoler en plein jour. Et, en un
enthousiasme goûtant ces béatitudes, ivre de
l'azur du ciel et des sonneries de clairon des
Kheroubims, de la blondeur des étoiles et de la
blondeur des chevaux du soleil, grave, respectueux, majestueux, inspiré, divinisé, extatique,

« *Ben! mon cochon!* » fit Courteline.

Courteline.

LE RÉCITATIF DE FRANÇOIS COPPÉE

A Gustave Kahn.

Gustave Kahn.

LE RÉCITATIF DE FRANÇOIS COPPÉE

1

Le long des parapets tranquilles de la Seine,
Je me promenais en pleurant sur Paul Verlaine
Et Monsieur G. Ohnet. Un cochon au poil roux
(Ne croyez pas que je l'avais au nez : je vous
Affirme que j'étais à vingt pas de la bête)
Hurlait — tel un Mauclair — et se payait ma tête.
Et je ne pouvais pas, poète aux cheveux gris,
L'éventrer : je devais subir ses mornes cris,
Comme j'aurais subi — dût-il beaucoup m'en cuire !
Les vers de sir Francis Vielé Griffin, esquire.

Mais le Dieu d'Abraham et celui d'Escobar
Veillait : parmi des fûts, la terrasse d'un bar
M'offrit, asile sûr, un bitter salutaire
Et je me rappelai les temps du ministère,
Ma jeunesse effeuillée et mes amis vieillis.
Deux militaires en pantalons de treillis
Trottinaient sur le seuil avec un œil d'envie.
Alors — oh ! je m'en souviendrai toute ma vie ! —
Je commandai deux bocks et je les leur offris.
Ils burent. Puis, vantant les vertus des aulx frits
(Car le soldat français aime l'ail), le plus jeune,
Pâle, les yeux hagards — sortait-il d'un long jeûne ?
Prit ma rosette rouge et l'avala : l'effroi
Me ployait, mais je digérais un poulet froid
Et la digestion redoute la colère.
Le macaron s'était broyé sous la molaire
Du soldat et sa face était calme et ses dents
Blanches comme les plus blancs des vers décadents.
Et je parlai, tremblant, ne pouvant plus me taire :
« La consommation la plus élémentaire
Me semble un bock plutôt qu'une rosette : ainsi
Que votre teint le dit, vous êtes du Raincy.
Je connais le Raincy. Le Raincy, ville fruste,
Ne donna point naissance à l'infâme Locuste
Et les Aïssaouas ne sont pas du Raincy.
Lavoisier, Orfila, Léonard de Vinci,
Tous les empoisonneurs, les peintres et Madame
Gyp vous diront que la pourpre fait mal à l'âme
Et qu'il n'est rien d'aussi mauvais pour la santé.
Ah ! de quel noir démon êtes-vous donc hanté,
Jeune homme ! j'ai chanté vos amours, vos jacinthes,

Vos bouquets de deux sous et vos tristesses saintes,
Le mystère des promenades à Chatou,
Le frisson des cœurs sur les bateaux-mouches, tout
Ce qu'on peut éprouver de rancœur et de fièvre
Quand on retrouve un de ses sonnets dans la Bièvre,
Et j'ai dit les héros, aussi ; je les ai dits
Très haut, en un fracas de glaives et d'édits,
De siècles et de rouille éparse d'épopée :
Vous êtes du Raincy : je suis François Coppée ! »
Les deux individus, alors, du même pas
S'en furent : oh ! les jeunes gens ne m'aiment pas !
Je sens autour de moi leur haine qui se traine,
Hagarde et torve, — et ça me fait bien de la peine !

François Coppée.

II

Je rencontrai Bourget, boulevard de Clichy :
Les ondes de Vichy n'avaient point enrichi
Sa moustache, et ses yeux de ténèbre un peu lasse
S'usaient à suivre leur reflet parmi la glace
Éparse des marchands de vins et de rubans.
Des couples attendaient mollement sur des bancs
Le rayon de l'Amour ou de sa sœur la Grâce,
Et des filles passaient avec des mains de châsse
Et des chatons très peu liturgiques d'anneaux.
Sur la place d'Anvers sans Belges, sans canaux,
Parmi les omnibus de la place Pigalle,
Des voyous, de lividité pontificale,
Nous offrirent en vain les nouvelles du soir.
Et des hanches, avec des langueurs d'encensoir
Ondulant à travers des ciels rauques, des hanches
Ne nous troublèrent pas, cependant qu'Arromanches
Par ses séductions captait Jules Renard,
Que Catulle évoquait vos parfums, myrrhe, nard,
Iris, thym maréchale — et ton goût de verveine,
O lèvre de Cléopâtra, défunte reine !
Ou le cheval que Na Barrison enfourchait.
Et ma grave parole alla trouver Bourget :
« Je suis. Autour de moi glissent quelques sourires,
Et les temps ne sont plus des lacustres Elvires
Et les Elmires ont cherché d'autres destins.
Il paraît qu'aux toasts de ces étranges festins

Que s'offrent tous les jours les jeunes gens de trente-
Neuf ans, on tâchera de m'assurer la rente
De trois injures et de sept ricanements.
Peu m'importe. Je suis. Parmi les Allemands
Et les Groënlandais on lit *Pour la couronne*,
Et la *Grève des Forgerons* vibre et ronronne
Sous la tente des négus les plus abyssins.
Je suis. Individus de tout acabit, saints
Prêtres et les vendeurs des magasins du Louvre
Me lisent, et leur cœur divers, de par moi, s'ouvre
A des pensers de tolérance et de douceur.
Mallarmé, qui chanta les taches de rousseur
Et l'automne n'a pas mes radieux dimanches
Où des barbussiements, des naïvetés franches
Défilent devant moi parmi des jeunes gens.
On m'aime. Ce sont tous enfants intelligents
De famille honorable et de ferveur discrète.
Enfin, je ne suis pas le monsieur qui s'embête.
J'élude le gêneur de Paris ou cubain :
« Vendredi ? c'est le jour où je suis suburbain ! »
Ou « Mercredi ? non : c'est le jour de mon dentiste. »
Philosophe, bénisseur, rêveur, artiste,
J'ai des sérénités et des félicités
Et des récitateurs et des bons mots cités... »
— « Au lieu de disputer bientôt sur notre éthique,
Regardons l'heure à cette horloge pneumatique,
Dit Bourget : il est tard et le fleuve est très loin
Qu'il nous faut traverser pour trouver notre coin
D'ombre et notre souffrance et cet obscur fantôme
D'amertume et d'horreur que nous aimons *at home*...
Et vers les ponts branlants, tous deux, silencieux,

Nous descendîmes sous le lent essor des cieux
Et parmi la lenteur d'ombres de crépuscule.
Eh bien ! — vous me direz que c'est fort ridicule
Et que c'est bon pour les rapins adolescents,
Que les rêves de Paul étaient intéressants
Et que vous vous pâmez quand il est taciturne,
Que, gentiment, il me conduisait à ma turne,
Tout ce que vous voudrez enfin, — je ne sais pas
Pourquoi, de plus en plus, j'alentissais le pas...
Puis, soudain, je plaquai Bourget peu mariolle,
Et, triomphant, je remontai vers Batignolle...

F. Coppée.

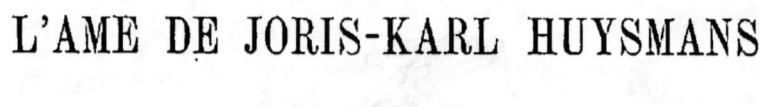

L'AME DE JORIS-KARL HUYSMANS

L'AME DE JORIS-KARL HUYSMANS

M. Joris-Karl Huysmans s'assit en face de son âme et la contempla face à face. Dans quoi la lui avait-on apportée ? Était-ce un calice ou une demi-pinte ? Et qui la lui avait portée ? Un archange ou un bar-man ? Et il ne se rappelait même pas si on lui avait dit : « Voilà, Monsieur », où : « Voici, Pécheur » Ah ! le ton du messager ! Timbre d'au delà ou accent d'Outre-Manche ? Il ne savait pas, il savait seulement que son âme était là.

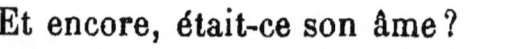

Huysmans.

Et encore, était-ce son âme ?

Quelque chose de lourd, d'informe, de bouillonnant avec un jet qui s'arrêtait en boursouflure écumante, un suintement gras qui pouvait être de l'huile sainte et qui pouvait être autre chose, avec des rides et des creux d'humilité et des val-

lonnements de lassitude, et des plaies qui pouvaient être des plaies de prières et des plaies de
clous consacrés, et des plaques qui pouvaient être
des plaques de remords, et des taches de péchés
qui voulaient rester pour être pleurés, et des brû-
lures de flamme mystique, des froncements de
dégoût, d'horreur, et des fossés de fureur pieuse et
des frissons de ferveur amère et des tons changeants, brouillés ici de bile humaine, là souriant
d'extase et d'une extase méchante, bleus ici et
d'un bleu souillé de ciel souillé, vert là et d'un
vert sombre d'espoir sombre et vieux rose d'un
rose de jeunesse lointaine et gris d'une candeur
diverse et mauve d'un ancien violet archiépis-
copal et sang de bœuf d'un ci-devant rouge cardi-
nalice, c'était une âme grandiloquente et affaissée,
d'une sérénité batailleuse et d'une laborieuse
inquiétude, c'était une âme d'effort, d'effort vers le
paradis et d'effort vers l'enfer, c'était une grosse
âme tourmentée et débile, l'âme massive d'un
matérialiste hésitant, l'âme nuancée d'un bedeau
byzantin ou d'un ermite capripède. Et c'était aussi,
si on le voulait, une masse de n'importe quoi, —
de n'importe quoi qui n'eût pas été léger, clair et
souple.

I

Joris-Karl Huysmans contempla cette masse

patiemment : ça avait, à travers le vase, des reflets et des fluences : il y brillait des larmes et des pierres liturgiques et des bandelettes chrétiennes s'y amincissaient, puis ça redevenait obscur comme le péché. Joris parla :

« C'est laid, dit-il, c'est sale et ça tient de la place, c'est glaireux, ça a des glandes et des goîtres, on croirait des abcès d'intestins et des tumeurs et des varices : c'est horrible, c'est bien mon âme. »

Il se tut un instant et jouit de son horreur.

Puis : « Est-ce horrible ? dit-il. Pourquoi ? Non, c'est drôle et ce n'est pas attirant. Et on voit bien cependant que c'est une brave âme triste, une âme pesante, mais c'est une âme sans vocation. Elle n'était pas née pour la vertu, et elle n'était pas née non plus pour la faute. Pauvre âme qui as erré parmi le monde et parmi les mondes, qui as été ramasser partout, dans les fanges les plus par- fumées et dans les fanges les plus simples, des répugnances et des dégoûts, pauvre âme qui t'es attardée, parmi l'odeur des gares, l'odeur des boudoirs et l'odeur des cabarets, à chercher l'odeur qui fait vomir, pauvre âme qui, parmi le vertige des cloches et le vertige des messes noires, as cherché le vertige qui fait le plus trembler, te voilà maintenant qui, molle et désireuse des pires soumissions devant Dieu, te cabres et qui retournes à tes vomissements, à tes vertiges et à tes dégoûts.

Et je te plains, mon âme, quoique tu sois mon âme, je te plains en tes sursauts, en tes protestations et en tes agenouillements, et je plains le pauvre homme qui est en moi, qui a souffert et qui souffre. » Il savoura sa souffrance un moment, puis :

« La vérité, dit-il, c'est que mon âme est une âme avec des narines, des lèvres, une gorge et un ventre. Narines un peu insensibilisées par trop de senteurs, lèvres usées, gorge usée, palais perdu et ventre un peu vide.

Et c'est avec tout cela, avec tous ces restes qu'elle se rue en un appétit vers Dieu. Ah! Dieu, chair fraîche que mes lèvres n'ont pas encore baisée, chair fraîche dont la fraîcheur ravivera mes dents, troublera mon palais, mouillera ma gorge et donnera à mon ventre la plus rare indigestion! Et que ce soit un éclair et une ivresse de tout mon être, qu'est-ce que ça peut faire aux gens? »

Il réfléchit et s'attrista.

II

« Mais ça me fait, à moi. Être catholique et ne pouvoir offrir à Dieu que l'émoi de sa salive, de ses orteils, et de son derme! Se sentir pour cœur un muscle malade, racorni, fiévreux et toussotant,

et ne pas se sentir d'âme! Oui, mon âme, je la
vois : elle est là et elle est toute gonflée, énorme !
eh bien ! je ne sais pas si elle existe, si ce n'est pas
une chose toute physique, si ce n'est pas tout simplement un amas d'ulcères et d'ulcères modestes !
Ame venue sur le tard, âme jaillie de mes malaises,
de mes aigreurs, de mes vomissements ! Agglomé-
ration de mes désillusions, de mes désespérances
et de mes écœurements ! Et combien factice, mon
âme ! combien factices, mes écœurements et mon
dégoût ! Mon malheur, c'est de ne pouvoir ni me
détester ni me cracher. Je me sens trop évidemment un brave homme. Quand il me faut de la
boue, il me faut aller la trouver très loin de chez
moi, loin de la rue de Sèvres, à cette douteuse
Bièvre — et, quand je veux de la foi, il me faut
aller la trouver à Saint-Sulpice. Ce n'est pas loin
de chez moi, mais, tout de même, je demeure plus
près du *Bon Marché* que de Saint-Sulpice et de
Saint-Germain-des-Prés. Et il y a entre nous tant
de tramways à traction électrique et tant de bu-
reaux téléphoniques ! Non, je ne puis pas me
détester et si j'ai pour moi de l'admiration, ce
n'est qu'une admiration laborieuse et pénible. Je
n'ai pas assez vécu en dehors de moi et je n'ai pas
assez vécu en moi. Je crois bien que je n'ai jamais
été plus loin que l'épiderme des autres et que
mon épiderme. Et mon âme m'est aussi étrangère
que l'âme de mes contemporains et que l'âme des

gens d'antan. Et pourtant je me suis promené, j'ai fait effort pour me promener dans les temps, dans l'espace et dans mes pires dédales intimes que, au besoin, j'inventerais. J'ai été et je suis le touriste taciturne et mélancolique qui ne s'ennuie pas tout à fait et qui voudrait bien s'ennuyer et qui voudrait bien s'amuser aussi, mâchant des mots du guide Joanne et tâchant à s'enthousiasmer dessus et à trouver autre chose, par eux, pour s'amuser mieux ou pour s'embêter plus. Et j'ai balancé en moi un éternel mal de mer à vide et hésitant. »

Il le balança et reprit :

III

« Au fond, j'aurais bien pu rester chez moi ou à mon bureau. Je n'y aurais pas été plus malheureux qu'ailleurs, mon âme y aurait été aussi trouble et aussi pauvre, mais c'était trop bête d'avoir le mal de mer sans voir la mer. J'allai la chercher. Je fis des voyages à travers les tableaux et les mystères. Il me fallait des notes et des impressions et des causes à mettre sur mon mal de mer. Et c'est là toute mon histoire.

Je n'avais pas de dispositions. Je n'étais pas fatal. C'étaient là vertus dont il me fallait profiter.

J'en profitai. Ma mauvaise humeur s'aventura à travers des parfums, des étrangetés et des misères d'estomac. Ce n'était pas le rêve et le « ailleurs » de Baudelaire. Et j'allais, maussade et précis, parmi ces choses. Des enthousiasmes de ci, de là, mais des enthousiasmes un peu truqués, documentés, d'ailleurs, et de belle tenue, enthousiasmes dosés, progressifs, mathématiques, ne s'échevelant que suivant les règles et les proportions, après descriptions et exposés des motifs. Et des paradoxes un peu ennuyés, soutenus : c'était beau. Je n'étais pas un révolté : irrésolu d'un mécontentement nomade et ce mal de mer s'adaptant à tout, se rythmant sur tout, je pouvais aller où je voulais et toujours avec le même bonheur, le même ton, la même grimace s'alanguissant et se perpétuant. »

Il regarda son âme d'un air hargneux, il la fixa et sembla la palper, la renifler, la peser en silence ; puis il continua :

IV

« Ah ! cette âme ! penser qu'elle resta même à travers tant de spectacles, tant d'hésitations, tant de désirs. Elle ne devint ni plus pâle, ni plus crevassée, ni plus légère. Et, en les endroits les plus divers, elle ne s'est pas guérie et elle n'est pas

devenue plus malade. Elle n'a changé ni de couleur, ni d'odeur parmi toutes les harmonies de parfums, parmi tous les mélanges d'essences et d'al-
cools, parmi tous les tableaux et tous les encens,
parmi les plus noires magies et les plus intimes
sanctuaires : rien n'a mordu sur elle, ni la messe
noire, ni la messe de la Trappe ; rien ne l'a vieillie,
rien ne l'a rajeunie : elle reste grognonne et de
teinte indécise — et elle attend. Ah! j'ai épuisé
maintenant toutes les étapes, j'ai été partout où
les hommes peuvent chercher des sensations, des
idées, des larmes et des élans, j'ai été au fond des
pires gouffres et j'ai tâché à m'envoler sur les
cloches et à peindre les anges — et j'ai été partout sans émotion. *Ésotérique et vulgarisateur*,
j'ai fait des variations sur Gilles de Rais après que
Hennique eut fait les mêmes variations sur le
duc de Beaufort et sur d'autres évocations, et j'ai
entr'ouvert pesamment la porte du Mystère et, derrière moi, des gens sont venus qui, sans entrer,
ont vendu le Mystère en des bazars à treize à peine
neufs, j'ai rendu accessible à tous la simonie, le
sacrilège, l'hérésie — et ça ne m'a pas amusé.
J'ai offert le comte de Montesquiou à la curiosité
des masses, j'ai chanté l'essence de bergamotes et
les viandes cuites au four — et ça ne m'a pas
amusé. J'ai inventé une façon de voir et dire les
choses que d'autres après moi ont sottement
exploitée, j'ai inventé Wisthler en une orthographe

qui n'a pas prévalu — et ça ne m'a pas amusé.
J'ai été à la Trappe, j'en ai rapporté les impressions du *Désespéré* de Léon Bloy — et ça ne m'a
pas amusé, j'ai inventé une manière d'avoir mal à
l'estomac et la manière de s'en servir ; j'ai fait
les pires combinaisons de dyspepsie et de foi, d'art
et de dysenterie, tout ça avec la même impassibi-
lité, le même souci monotone de composition et
d'écriture, et mon âme n'a pas bronché. J'aurai
été celui des gens de ce temps qui aura eu le plus
d'influence sur ceux de ce temps et les disciples
les plus attentifs et les plus directs, j'aurai créé
des passions nouvelles, des maladies nouvelles,
une nouvelle esthétique et un nouvel ennui ;
j'aurai eu les évolutions les plus intéressantes, les
plus poignantes désillusions, les plus heureuses
audaces, jaurai été celui qui sait tout mettre en
valeur, qui sait donner le ton, qui sait peindre, qui
sait sentir, j'aurai dressé le plus parfait répertoire,
le plus copieux catalogue d'inquiétudes, d'hésitations, de tentatives et de dégoûts, j'aurai été
démon, ange et homme — sans m'en apercevoir.
Et je me serai à peine aperçu que j'étais un pauvre
homme et que j'avais une pauvre âme. Et, en
résumé, j'ai promené des dons de style et une
huméur âpre à travers des spectacles et des ques-
tions pour quoi je n'étais pas fait du tout. Mais de
quoi me serais-je occupé si je ne m'étais pas
occupé de ça ? Et mon âme n'était pas faite pour

cette vie. Mais pour qui mon âme était-elle faite et pour quelle vie étais-je fait? »

Après cette ratiocination, le visage de J.-K. Huysmans gardait les plis de toujours. Il n'était ni plus ni moins amer, ni plus mécontent, ni plus radieux. Et les tableaux, les Vierges et la brocante d'alentour n'avaient pas plus de grâce et pas plus de méchanceté.

Et J.-K. Huysmans promit à son âme de nouvelles promenades, de nouveaux paysages et de nouveaux avatars, puis, maugréant et éternel, se reprit à considérer son âme.

Juillet 1895.

Huysmans.

M. PAUL HERVIEU ET SON IMAGE

A Eugène Veeck.

M. PAUL HERVIEU ET SON IMAGE

Avec rage, comme si elle venait d'être blessée par une pierre anarchiste, la glace d'une devanture jeta dans les yeux de M. Paul Hervieu l'image de M. Paul Hervieu — qui, doucement, accepta cette image. Il passait, un chapeau léger légèrement incliné sur ses paupières, et de démarche un peu molle. Mais l'image reparut, plus agressive. C'était une boutique pour gens du monde, naturellement, chocolats, éventails, fleurs ou parapluies. M. Paul Hervieu sentit

Paul Hervieu.

que la glace et l'image étaient hostiles. Il les jugea :

« J'ai l'air d'un voyou », dit-il.

Il avait, à la vérité, la distinction assez spéciale
d'un capitaine d'infanterie de marine, décoré
jeune, dont les moustaches s'amincirent et pâlirent
et dont les yeux se décolorèrent sous le soleil du
Soudan, et à qui la solitude parmi les déserts et
la fièvre en des ambulances enseignèrent le désen-
chantement, la mansuétude et la philosophie. Le
veston flottait et le nez s'affilait sous l'ombre du
chapeau ; des dents se devinaient sous la moustache, et c'était pour humilier l'image que M. Hervieu avait dit : « J'ai l'air d'un voyou. » Mais,
comme l'image suivait, lente en des glaces sans
fin, M. Hervieu s'obstina dans son propos. Il le
répéta d'une voix ténue qui offrait aux vents toutes
les syllabes comme les pétales d'une pauvre fleur
et, lorsqu'il eut dit, sa bouche se trouva vide et
son cœur fut délivré de cette plaisanterie. Mais,
fidèle, l'image suivait. M. Hervieu lui devint plus
tendre et sourit.

« Je ressemble, murmura-t-il, à un gamin qui
tâche à ne pas rire et qui s'amuse de réussir et de
paraître grave et qui va, arrêtant ses cabrioles et
ses gambades et les ramenant à des pas austères
et à des gestes corrects, muant — au moment le
plus strict — ses grimaces en demi-approbations
et demi-salutations, qui traduit les outrances en
demi-teintes. Et je suis un fumiste qui joue et
qui se joue la comédie, qui se déguise en philosophe et qui est un grand philosophe parce qu'il

n'est philosophe que par boutades, je suis un
fantaisiste qui est le plus exact observateur parce
qu'il se contraint, malgré toutes ses révoltes, à
observer, et je suis âpre parce que j'aiguise, par
farce, mon âme douce et un peu veule. Et je suis
le peintre du monde et de l'époque le plus profond, le plus cruel, le plus qualifié parce que je
n'étais pas né pour être de l'époque, « du monde »
et pour être peintre : j'aurais été — mais je ne
m'en doutais pas en mon adolescence — un parfait diplomate, j'aurais été aussi un excellent
général, tout simplement parce que ces fonctions
étaient celles pour lesquelles je n'étais pas fait :
mon secret aurait été, comme
il est, de faire effort et de
railler discrètement mes efforts et de m'enivrer en dedans de l'ironie des choses et
de ma victoire sur les choses. »

I

Il rencontra encore sa fidèle
image et se planta devant elle,
en veine de combativité et
de sincérité. Il la toisa et la
détailla d'un œil de pitié, se
complut à sa maigreur, fit

Paul Hervieu.

saillir ses arêtes un peu vives, ses cassures et ses angles qu'il n'arrondissait pas, qu'il n'harmonisait pas, se dressa et élargit son sourire.

Il se révéla presque élastique, presque désossé et presque voltaïque et d'une aérostatique inconsistance.

« C'est bien cela, dit-il. J'aurais dû être pître, et humblement, sur des tréteaux, en poète, inventer les bouffonneries les plus étranges, les plus gratuites, les plus lointaines, toutes d'imagination et de rêverie, des bouffonneries shakspeariennes, tissées d'azur et de grossièreté extraterrestre.

Mais j'aurais dû être pître au temps où l'on pouvait être vraiment, honorablement et sincèrement pître sans arrière-pensée, sans ambitions bourgeoises, pître dans la vie privée comme dans la vie publique, et laisser traîner sur toutes les contingences, sur la foule et sur soi la même fantaisie et le même dédain, où l'on pouvait faire en tout bien tout honneur, la cour à Madame la Lune et à Mesdemoiselles les Étoiles.

Temps méchant, temps froid, temps gris, notre temps n'était pas ce temps, De plus Nicolet était mort et le clown de Banville aussi, et par comble de malheur j'avais des rentes : je ne pensais pas à ma vocation. Ma fantaisie dut sommeiller parmi des classiques et des livres de droit : j'eus toutefois la chance d'avoir, pour encadrer et féconder

mon enfance et ma fantaisie, cet admirable fin
du second empire, son admirable esprit, son sourire exquis, fuyant, divers, infini, si las et si
triste; oh! les beaux livres que je lus à mes dix
ans, les livres ne Commerson, de Touchatout, de
Scholl, que sais-je? et je ne sais pas même si je
les lus, mais quelle influence ils ont sur moi! et
combien reste autour de moi l'atmosphère de 1868
et de 1869, toute de chaleur, mais de chaleur de
bon ton et de vapeurs et d'une légèreté si continue et si drue qu'elle devint entêtante — et
lourde. Oui, j'ai gardé une âme « second
empire », et il ne faut qu'un peu de goût et de
bonnes « mauvaises lectures » et une grâce facile
pour faire de cette âme une âme « dix-huitième
siècle ». Qu'on demande plutôt à Tarsul! »

II

Le sourire de l'image était le sourire d'un philosophe indulgent et un peu mélancolique. M. Paul
Hervieu l'aima et, non sans fierté, se rappela le
sourire de ses débuts et ses débuts : « Ah! dit-il,
je n'étais pas arrivé alors à me vaincre comme
aujourd'hui. En vain je m'imposais des thèmes :
« Malbrouck s'en-va t'en guerre », ou la vie de Diogène; en vain je conduisais, pour l'assagir, ma

fantaisie à des spectacles, chez des empailleurs ou
au Conseil municipal, à des crises ministérielles
ou au bal de l'Opéra, pfft!... elle fusait, planait et
flottait sur les gens et les choses, dansait autour,
au lieu de les enserrer, s'amusant à des échos, à
des reflets, un peu ennuyée d'avoir à s'exercer
non pas même *sur* ces objets, mais à l'occasion
de ces objets, et elle virait, montait, tournoyait,
s'envolait, un peu mièvre, mais si franche! Et
c'étaient des calembours trop heureux : « Le jeu
n'en vaut pas la *Channel* (Tunnel Company) », à
propos du tunnel de la Manche; et c'était cette
fameuse description du tramway et le célèbre portrait du bandagiste.

Et c'était de la jolie et de la moins insupportable sentimentalité.

Ça charmait les vieux, ça charmait les jeunes ;
il n'y a que moi que ça ne charmait pas. Je menai
ma fantaisie dans le monde : il ne s'agissait plus
d'être le gamin qui regarde, qui s'ébahit et qui
raille, qui gambade autour des sottises et des ridicules : on avait — déjà — Bob et Gyp. Il s'agissait seulement de mettre ma fantaisie en pénitence
et, ensuite, de déchiffrer les âmes les plus indé-
chiffrables, d'aller au fond des secrets les plus
obscurs et des pires mystères, pour faire la nique
et des niches à cette fantaisie, tout simplement.
Ah! elle voulait aller le long des mers, sur les
mers et au bord du ciel comme la fantaisie de

Renan et de France, se divertir aux contes de Per-
rault et aux contes de fées de Robert de Bonnières :
pauvre petite ! il lui fallut rentrer ses ailes de
papillon et prendre l'habit de George Brümmel. Et
des éventails frémirent dont j'avais scruté la fièvre,
et rien ne m'échappa des intrigues les plus téné-
breuses et des passions les plus ténues. Car, si je
n'étais pas né pour être du monde, j'étais né du
moins dans le monde et j'en avais la pratique et
l'habitude : ça me préserva des étonnements
devant tel geste et tel pantalon, du snobisme et
de l'émoi des pauvres hommes de lettres qui, par
grâce d'état et d'état-civil, tremblent plus lorsqu'ils pénètrent dans le salon du baron de X... que
lorsqu'ils visitent, à Jérusalem, le tombeau du
Christ — car le Christ, comme le savent Loti et
Bourget, ne fut pas du Jockey-Club. — Et puis je
me complaisais à ce jeu délicieux de ne pas s'amuser, je faisais pièce à ma fantaisie qui se vengeait
en aiguisant mon regard et qui, prenant galam-
ment son parti de sa défaite, exagérait ma gravité.
De plus, comme je n'aimais pas cette époque et
comme je regrettais sans trop me l'avouer le
XVIIIe siècle et le deuxième empire, j'observai
cette époque et ce monde avec plus d'acuité : ma
fantaisie, en son loisir, les compara au temps et au
monde de Laclos, à ceux de Meilhac et à ceux des
contes de fées — et ça ne les rendit pas plus beaux.
Ce furent donc des nouvelles et des romans d'une

piquante robustesse et d'une finesse solide, d'une
sobre saveur et d'un charme divers, et je le dis
non pour me vanter, non pas même parce que
c'est la vérité, mais pour faire entendre raison à
cette image silencieuse qui me suit avec de mauvais desseins. »

III

Il imagina alors que cette image était le reflet
d'une partie de son être, de sa fantaisie, de sa sensibilité, de sa rêverie — et il lui devint très doux :
« Ah! ma chère amie, dit-il, nous avons passé
de bonnes heures ensemble. Lustres éteints et le
coupé dans la remise et les invités seuls avec leurs
soucis et leur néant, nous avons ri tous deux des
coupés, des lustres et des invités. Et je n'ai jamais
été méchant avec toi : quand je te contenais,
quand je t'arrêtais en ton essor, c'était une farce,
et une farce qui t'amusait autant que moi — et
c'était encore de la fantaisie ! Nous avons toujours
été camarades, collaborateurs et complices : tu me
fus secourable, tu me fus la plus sévère des Muses
et le plus souriant des professeurs. Et nous eûmes
les joies les plus rares : ah! le temps où nous
composâmes cette équation, ce paradoxe d'équi-
libre, ce jeu de bascule (de précision) que sont
les Tenailles! Tu m'épargnas les fadeurs et les

joliesses qui auraient affaibli et ruiné ma pièce et, par amour du tour de force, tu en fis cette chose d'émotion si lointaine, si serrée et d'une telle angoisse ! tu lui donnas cette apparence de sécheresse et d'ardeur glacée.

Ah ! ma fantaisie, ma fantaisie ! je te laisse, par contre, glisser, sinueuse et harmonieuse, en mes pages, et te varier parmi mes études et mes nouvelles, parmi mes réflexions et mes portraits. N'est-ce pas toi qui, aujourd'hui, emplits — oh ! discrète ! — mon *Petit Duc*, mes *Figures falotes et Figures sombres ?*

Ah ! fantaisie ! tu es tout moi-même. Et c'est pour cela, parce que je suis tout fantaisie que ma volupté sera si profonde lorsque je ne me sentirai plus fantaisiste, lorsque je serai grave, très grave, toute gravité aux yeux du monde et à mes yeux. »

Et, ayant dit, avec complaisance, sans trop attendre ce jour, M. Paul Hervieu sourit à son image.

Août 1895.

ÉLOI

A Léon Blum.

Léon Blum.

LE CHAPITRE
DE JULES RENARD

ÉLOI

—

I

Vais-je lui dire qu'il a du talent? Et a-t-il du talent? Oui, mais ce n'est pas la question. L'important, c'est de lui dire qu'il a du talent. Comment ferai-je? Il va sourire, il me dira doucement : « Oui, oui, et parlons d'autre chose. » Il faut pourtant se décider. Je me décide. J'irai vers lui et, poliment, négligemment, comme on offre des cigarettes, je lui offrirai du talent. « Vous avez bien du talent. » C'est trop : il m'arrête, n'est-ce pas? et ses lèvres s'ouvrent, les dents un peu serrées

sur ma sottise qu'il casse et qu'il mâche? Non. Il
a entendu, il a écouté et il écoute, il attend. Est-ce
que, de moi, il souffrirait un discours ? Maintenant
il exige des mots. Il les a. Ils montent autour de
lui, et le caressent : c'est embarrassé, c'est lourd :
il s'en contente. Et bientôt il fait plus : il me
cueille, m'enlève, ne me lâche que lorsqu'il s'est
accoté à la cheminée, dans une pose pas si diffé-
rente de la pose de Chateaubriand. Et il m'écoute
toujours. Je cherche de l'ironie en ses yeux, mais
il est sincère : il ne prétend pas me faire marcher.
Même il se sent pour moi de l'estime et il ne me
dira pas que j'ai du talent. Il garde ça pour les
gens qu'il méprise. Et je trouve des louanges éper-
dues et — Dieu me pardonne — des épithètes ! Le
supplice ne finit pas : il me semblera tout à l'heure
que je suis retranché du monde. Derrière mon dos
glissent des robes, des rires et des rafraîchisse-
ments. Et je reste là, devant cette idole muette,
avec des éloges qui halettent, qui tremblent et
qui suent.

Éloi ne se fatigue pas, jouit, écoute, écoute,
écoute.

Et quand je me tais enfin, à bout de forces, il
faut que je balance mon claque comme un encensoir.

II

On étouffe dans cette salle de rédaction : pour rafraîchir l'air, il n'y a que des scandales, des complots et des calomnies. Et l'on s'embête : il n'y a là que des auteurs gais. Mais voici Éloi : nous allons rire.

Nous nous préparons déjà : nous nous tenons la bouche de côté, sèche, pour avaler quelque chose ou quelqu'un — en travers. Il vient, il serre des mains, ac-

Jules Renard.

cepte de nos nouvelles et, sans phrases, sans un mot, tout entier, il s'offre.

Nous béons : il va parler. Non, il ne parle pas.

Il aiguise notre impatience à sa froideur et à son mutisme. Aidons-le. Poussons-le. Arrachons-lui un chef-d'œuvre.

« Vous avez une bien belle chemise. »

Ça, c'est envoyé : il ne peut pas se dérober : la chemise ! que ne nous dira-t-il pas sur la chemise ? Et plus nous imaginons de fantaisie, de rosserie, de sagacité et de poésie, plus nous imaginons que ça sera plus poétique, plus sagace, plus fantaisiste et plus rosse.

Ça sera *définitif*.

Mais ne faisons plus d'efforts : Éloi parle.

« Oui, fait-il. Je les achète au *Bon Marché*. Je les
fais faire. » Et il continue : c'est lui maintenant
qui fait des efforts et quels efforts! et il réussit : il
cause comme tout le monde, aussi bêtement que
tout le monde. Quel homme!

Et une ride verrouille son front, sa pomme
d'Adam se promène, saute en sa gorge, comme
une boule sur un jet d'eau : c'est la fantaisie qui
voudrait sortir.

Mais Éloi ne veut pas : qu'est-ce qui lui resterait
après, à lui?

Et c'est une conversation sur la vélocipédie
militaire, sur le temps, sur les chapeaux. Mais il
n'est plus maître de lui : il va être intéressant, il
va être drôle, il va être génial, et sa verve va
s'épandre sur nous. Pas de ça! Bonsoir!

Et, résolument, héroïque, comme vous partiriez
vous-même ou comme je partirais. Éloi va partir ;
il part ; il est parti.

II

« Je ne puis pas, dit Éloi, souffrir l'écriture de
Léon Abel. C'est plein d'épithètes : ça n'a ni nerfs,
ni muscles, ni moelle : chaque substantif arrive
avec son adjectif qui le tient, qui le tire, qui le
prend par la gorge, qui l'étrangle, et ça fait des

phrases qui ne finissent pas, qui s'allongent comme
de la pâte de guimauve, qui montent, qui descen-
dent, qui font le plongeon et qui
se mouillent. Et la précision? on
n'y pense pas, c'est bon pour les
chiens. Et la langue, n'est-ce
pas? Abel la donne au chat. »

— « Vous n'aimez pas Abel »,
fait quelqu'un.

Un silence.

Éloi fait attendre sa réponse,
juste le temps qu'il faut pour la
faire désirer et pour se laisser
venir de l'héroïsme. Puis, héroïque : « Je serai franc, dit-il.
Non, je ne l'aime pas. » Il donne
des raisons, reçoit en pleine poitrine des raisons contraires, es-
saie des moues, hoche la tête à
petits coups prudents et, au moment où il a fait bien sentir,

Jules Renard.

où il sent bien qu'il déteste Abel, voici — vous
l'auriez parié — Abel qui vient lui-même, la
moustache au vent, l'œil clair d'éther, le chapeau
en coquetterie, comme s'il avait le mal de mer.
Abel a des sourires, de petits rires et de petits cris
pour tout le monde et, quand il a fini de déballer
et d'essaimer sa courtoisie, c'est un silence. Nous
faisons tout pour rendre ce silence gêné : nous

regardons le sol comme pour en faire sortir le démon de discorde, nous faisons monter en notre gorge de petits hem! hem! qui s'enrouent — trois mesures pour rien, — qui cherchent de la fermeté, du courage, des appels du pied. Abel s'étonne, agite son chapeau, se secoue dans cette atmosphère d'enterrement et de combat de coqs, roule des yeux de jeune chat, puis, après avoir flairé une piste, s'avance sur Éloi qui s'y attendait. « Ah! s'extasie-t-il, vous publiez ces temps de choses merveilleuses, délicieuses, exquises! »

Il détaille et Éloi tourne vers nous son œil qui serait un œil de lynx, s'il n'était un œil de taupe.

« Hein! semble-t-il dire, avais-je pas raison! N'est-ce pas là de l'adjectif? »

Mais les épithètes s'obstinent.

Éloi fronce et pince son nez, hermétise sa bouche, serre les oreilles pour que ces épithètes n'entrent pas en lui, ne le charment pas, ne le troublent pas.

Il faut pourtant donner un reçu.

Loyalement, Éloi le donne. « Oui », fait-il, simple.

C'est un « Oui » qui est un « Ouais » et, plus strictement, un « *Ouais... quelque sot!...* »

C'est cela : il joue du Molière. Tout à l'heure, il fera sa Célimène et offrira à la galerie le plaisir — escompté — de l'entendre louer ce qu'il a déchiré.

Ça, non! Il n'est pas Célimène, il est Éloi. Et il ne joue pas les classiques, il ne se joue même pas lui-même.

Maintenant Léon Abel s'impatiente, son sourire se glace, devient un sourire byzantin, biseauté, et son chapeau s'élance, cavalcade, retombe pour rappeler à Éloi qu'il y a quelque part, sous un bandeau lourd, un crâne bouillonnant d'où j'aillirent, frémissantes, des phrases, des créatures, des hallucinations — et des idées.

Mais Éloi a les pieds nickelés. Éloi nous contemple d'un œil calme qui triomphe — en dedans : il n'a pas loué Abel et il ne le louera pas et — il en est sûr — il ne lui dira même pas : « Eh bien! moi, je n'aime pas du tout ce que vous faites, etc. » Il est un homme supérieur : il se taira et il aura un mutisme pas étudié, sans intention blessante, sans intention : il se taira — comme il parlerait.

Il se tait.

Abel s'obstine.

Éloi s'obstine.

Nous faisons notre deuil de la petite scène. Éloi, en une sérénité, tire sa montre et tire sa révérence et se tire des pieds, en les traînant un peu par coquetterie.

Abel reste là, piaffe, rit, de plus en plus amical avec les amis que nous sommes, et nous lui en voulons de n'avoir pas eu le scandale auquel nous

avions droit, et il se dit et nous nous disons qu'on
ne le reverra plus dans cette boîte où Éloi a su se
payer un triomphe, dans les prix doux, au-dessous
du cours. Et nous ne pouvons plus lui affirmer
avec force qu'il a du talent, notre effort s'est usé
tout à l'heure contre Éloi, et Dieu sait si c'était le
moment d'être généreux et d'être sincères! — ce
pauvre Abel n'était pas là!

IV

C'est sale, mais ça ne tient pas de place. Ça s'emporte en voyage, aux champs, à la mer. Ce sont les
mesquineries de la vague, les taches du soleil,
l'étroitesse du geste du semeur, les ridicules de la
lune et l'infini aperçu par le petit bout de la lor-
gnette. C'est l'inventaire de ce que Poil trouve
dans son nez, dans ses oreilles, dans ses fesses,
au petit bonheur, patiemment, avec un génie
d'explorateur que l'Érythrée nous enviera. Et c'est
aussi ce qu'il trouve dans son âme, en la vidant
— dans quoi? à petits coups, à petits hoquets, à
petites nausées, à petites aspirations de pompe qui
ne se foule pas, à petites aspirations d'azur. C'est
une dragueuse, c'est une boîte à ordures, c'est un
fumier méticuleux, grêle, tout de perles, car ce
n'est pas le fumier d'Ennius : c'est le fumier d'Éloi.

Et ça chatouille, ça râcle la gorge, ça râcle les
entrailles. Et ça se lit très bien — aux cabinets.

Mais quoi? Ça reste? jen ai de petits morceaux
qui me collent aux dents, qui me collent au cœur,
qui me collent à la gorge, qui me collent aux yeux?
Oh! oh! j'en emporte, je l'emporte en mes méditations, en mes observations, en mes songes!

C'est donc bien? c'est donc un chef-d'œuvre?

On en parle, on y pense, on le cote à la Bourse
et ça monte à la cote? C'est mal : je trouvais ça
charmant, je m'en grisais, et voilà que je ne puis
plus l'aimer, que je ne puis plus le supporter : ça
tient de la place!

V

Au loin, c'est la Méditerranée, belle à persuader
M. Rebell d'y mourir, et, si vous voulez, c'est le
plus bleu des lacs d'Italie et, si ça vous gêne, ce
n'est rien du tout.

Mais je tiens au ciel : immense comme tes yeux,
ma chère, et large comme mon front de penseur
et souriant et grave, et plissé de rose comme une
bouche qui embrasse, et d'un azur qui s'amollit et
qui caresse, enfin le ciel le plus noble, le plus
loyal et le plus consciencieux qui soit. Et des
nuages qui se joueraient seulement pour nuancer
la gravité du ciel et lui piquer des mouches et du

blanc, sans menaces, des nuages galants, jolis comme des soubrettes, des nuages Watteau.

Et quel paysage!

Des arbres si hauts, si moussus, si empanachés de feuillages et si pensifs, que les oiseaux n'osent y risquer leur fantaisie et leurs crissements, des herbes et des fleurs d'harmonie. Des papillons tracent dans les airs d'immatérielles arabesques, et ce sont des papillons recueillis, qui sont des signatures de Whistler ou des âmes de vierges d'Athènes et des vierges de Burne Jones. C'est un paysage de mélancolie et de rêverie, qui permettrait du génie à M. Saint-Georges de Bouhélier, et l'on sent qu'il y court des soupirs et des âmes; on y réciterait du Théocrite sans en savoir, ou du Lamartine; on y évoquerait pour pas cher l'âme de Virgile et l'âme d'André de Chénier.

Mais Éloi ne perd pas son temps à vouloir des Elohims et des Eloas, et, puisqu'il faut absolument évoquer (ohé! ohé!) quelque chose, il évoque, rauque, l'âme de feu J.-J. Grandville qui imposa des pantalons aux éléphants, des guimpes aux roses et des tabliers aux vaches.

VI

Un œil qui bouge à peine, qui ne se précipite

pas sur les êtres et les objets, mais qui les attire à
lui, lentement et qui, comme l'œil d'un aveugle
d'hier, nie la distance et le relief et fait des choses
ce qu'il veut, un œil glacé, pénible, à peine ouvert
et pas assez ouvert : œil de crapaud, œil de vautour.

Des oreilles qui se dressent, pointues, et qui
s'écartent, des oreilles insidieuses, pointilleuses
comme une balance de précision, qui ne négligent
pas les lapsus et les intentions : oreilles de tyran
que Denys oublia dans son mur et que La Fontaine
cacha dans des oreilles de lièvre. Quelque chose de
glacé et de morne, une bouche qui abrite ses coins
sous des poils qui remuent comme des moustaches
de cochon d'Inde ou de sauterelle et, tout à coup,
une ombre qui court sur les joues et s'y joue
comme du soleil sur une feuille de vigne : c'est de
la poésie qui vient; une ligne qui se brise sur le
front comme une ligne dans l'eau, c'est une pensée
qui marche; un geste, et c'est du style; une paupière qui se ferme, et c'est de la bonté.

Et c'est à la fois tout cela et rien de cela : ce
n'est pas un vautour, ce n'est pas un aveugle, ce
n'est pas un crapaud, ce n'est pas Denys, ce n'est
pas une sauterelle, ce n'est pas un poète, ce n'est
pas un philosophe, ce n'est pas un écrivain : c'est
Éloi.

VII

Éloi appelle ses enfants.

« Approchez, mes enfants, dit-il. Je suis votre
père, et je suis Éloi. Je donne à manger à vos
poules et à vos poupées et je vous empêche de
ronger vos ongles et j'empêche les gens de danser
en rond, et à coups d'ongles, je jongle avec leur
foie et je le ronge. Vous m'aimez bien et je vous
aime bien et je suis un bon père de famille, mais
ce n'est pas le père de famille qu'apprécie Sarah
Bernhardt, qu'estiment les confrères et que rétri-
buent les directeurs de journaux. Et si la gloire
me vient visiter, avec des politesses, et reste chez
moi comme une vieille tante de province, ce n'est
pas parce que, sans parler et sans en penser
moins, j'ai serré la main d'un moissonneur ou
parce que, dans ma main, du geste dont on tend
des clous à un tapissier ou un écrin à sa maîtresse,
j'ai offert quelque nourriture au bec inquiet d'une
oie. Et je suis bon, je suis un brave homme, mais
c'est là une chose que je n'avoue qu'entre dix et
onze, quand je suis seul, ma page finie, et quand,
l'aveu entendu, lourdement, je puis dormir dessus.
Allons, embrassez-moi, mes enfants, et je vous
embrasserai et n'en parlons plus. Car, n'est-ce
pas? comment pourrais-je souffrir d'avoir le cœur

débordant, tel un marais, à petits coups, à petites
lèches de baves, de vertu, d'héroïsme, de lyrisme,
de générosité et d'amour comme celui peut-être
qui ne sut pas peindre un semeur ou comme —
que Dieu ait pitié de mon âme! — ce vieux misérable de Coppée?

VIII

Éloi admire Victor Hugo.

Vraiment.

Et il l'aime.

Et il le lit.

Il ouvre le livre avec un respect, avec une terreur — en tremblant. Et les vers se précipitent,
jaillissent, glougloutent. Éloi s'en pâme et s'en
gargarise et s'en nettoie. Les images volent autour
de lui et s'écartèlent et craquent — et des ors
éclatent et des cathédrales bondissent : c'est
comme s'il recevait un coup de poing sur l'œil. Et
c'est un accès : le magique vomitif avalé, il pourra
en termes adéquats peindre un parapluie et un
asticot. Et il a de la reconnaissance pour son
médicament. Il le vante volontiers avec des hoche-
ments de tête et des froissements de moustaches.
On l'écoute. On admire avec lui, mais avec moins
de gestes rentrés et avec un moindre éploi d'ailes
intimes.

Et Éloi s'en revient à sa maison et à son Hugo.
Il le reprend.

Et ce sont les mêmes chevelures et les mêmes
polkas d'Océans et les mêmes fantômes d'Ossa,
d'Ossian, les mêmes élans d'étoiles, les mêmes
essors, les mêmes églises. Et les mots se gaufrent
plus, se cabrent plus, c'est une splendeur plus
haute.

Et Éloi ne tremble plus. Bientôt il s'enivre tout
à fait : il a compris que la beauté du verbe et son
horreur, c'est LUI qui la lui donne, et que le verbe
frémit, vibre, vit, exulte, parce que, nonchalamment et pour s'instruire et pour se charmer, sans
vouloir faire honneur au père Hugo, IL lit la
Légende des Siècles, lui, ELOI.

Juillet 1895.

Jules Renard.

LES AVENTURES DE M. ROCHEFORT

A Pierre Veber.

LES AVENTURES DE M. ROCHEFORT

———

En donnant à ses Mémoires ce titre : *les Aventures de ma vie*, M. Rochefort a préludé à ses ironies les plus légères,et les plus sanglantes par une ironie pire, par l'ironie la plus jolie et la plus piquante : avant de railler sur nouveaux frais ses contemporains qu'il a déjà tant raillés, il a jugé bon de se railler lui-même, de railler d'un mot sa vie et sa destinée. Nous ne pouvons l'en blâmer et, depuis longtemps, nous croyons, nous savons que l'article le plus amusant, le plus profond, le plus méchant et le moins injuste de M. Rochefort serait celui qu'il écrirait sur et contre M. Rochefort. En attendant ce plaisir qui nous sera peut-être, — pourquoi non ? — donné un jour, nous avons un titre admirable : *les Aventures de M. Rochefort.* Quelqu'un nous avait livré jadis : *l'Histoire d'un Monsieur à qui il n'est jamais rien arrivé.* C'était, sous une autre forme, à peu près la même chose, mais au premier abord on n'en croit rien. Le nom de M. Rochefort évoque des événements surprenants, des coups de feu, des chaînes, des éclats de voix et des éclats de rire, des cris et des malices chuchotées, les voyages les plus involontaires et l'audace la plus rare. Il lui est échu des triomphes, des malheurs, des proscriptions et des évasions miraculeuses, mais ce n'est pas sa faute : il subit ses triomphes autant que ses malheurs et tout, en son existence, son génie même, si changeant et si pareil, fut un accident, — un accident qui dure.

Il a, dans sa préface, avec son habituel bonheur d'expression, parlé des montagnes russes, et la comparaison est parfaitement juste, plus saisissante que M. Rochefort peut le supposer. On ne naît pas pour les montagnes russes : on y grimpe une fois en passant par là et, comme on s'y amuse, on continue : c'est la séduction du vertige, de la secousse et de l'engourdissement, puis c'est une habitude.

Toute la carrière de M. Rochefort est là.

Et il faudrait se demander, lui demander si, de temps en temps, il n'a pas eu la tentation d'échapper aux montagnes russes, d'échapper surtout à la curiosité bruyante des badauds.

Cet « homme des foules » n'aime pas les foules.

C'est comme une peur (et il est brave), une répulsion, un recul.

Par cette belle journée d'hiver où, sans motif, cent mille personnes, en une frénésie, en un enthousiasme incompréhensible, s'étaient portées à la gare du Nord et s'étouffaient pour voir l'exilé, le pamphlétaire vieilli, malgré deux hommes qui tenaient aux mors les chevaux de son landau, marchait sur la foule qui pouvait à peine s'entr'ouvrir devant lui. Et, l'œil mobile et mauvais, la peau grise, il ricanait, grimaçait, et son toupet blanc s'agitait furieux, comme une mousseuse bulle de savon qui crève, au-dessus de ces acclamations, au-dessus de ce peuple gênant. Mais qui se rappelait une autre journée plus sombre et une autre voiture, fermée celle-là, d'où se penchaient la tête livide et le toupet noir du rédacteur de *La Lanterne ?* C'étaient les obsèques de Victor Noir, au milieu de soldats en armes, en un silence effrayant. Et M. Rochefort n'était pas blême de terreur et, si ses yeux étaient fiévreux, ce n'était pas l'inquiétude qui les enfiévrait : il était ennuyé tout simplement. Qui sait? Il y avait peut-être ce jour-là à l'hôtel Drouot des occasions extraordinaires !

*
* *

Car M. Henri Rochefort est, avant tout, un excellent collectionneur. Il a des tableaux, des fauteuils, des statuettes, des commodes et des timbres-poste. Et rien n'est plus divin que le

regard qu'il laissa tomber sur l'ameublement des
Tuileries, au 4 Septembre. « J'ai mieux que ça
chez moi ! » dit-il. Et c'était toute la philosophie
de l'époque, de la Révolution et de M. Rochefort.
L'Empire venait de crouler parmi des boulets,
de la boue et du sang, l'Empire que M. Rochefort
avait achevé, car

Il est des morts qu'il faut qu'on tue,

et M. Rochefort, tout en songeant au présent et à
l'avenir, conservait assez de présence d'esprit pour
pouvoir, d'un coup d'œil, dédaigner des barreaux
de chaise et des pieds de table. C'est délicieux ! Et
il ne convient pas ensuite de chercher le tribun en
M. Rochefort : on ne le trouverait pas. Dès le
début, on voit que ses Mémoires ne ressemblent
nullement aux mémoires des révolutionnaires,
rien n'est plus différent des Mémoires de Billaud-
Varenne ou du général Rossignol : ce ne sont pas,
hélas ! les Mémoires d'Outre-tombe et ce ne sont
pas les Mémoires de Barras ; on peut y trouver des
similitudes avec les Mémoires de Rigolboche, avec
ceux de Bilboquet et ceux de Léotard, puisque, à
défaut de trapèze, il y est parlé de montagnes
russes, mais il y a un étrange air de famille avec
ceux de M. Prudhomme. Ce n'est pas dire qu'ils
sont niais ou ennuyeux, c'est dire qu'ils *datent*. Les
articles au jour le jour de M. Rochefort sont meil-

leurs et divertissent plus : ce sont toujours les
mêmes épithètes et les mêmes fantoches, mais
accolés à des noms imprévus, à des noms nouveaux : c'est un procédé qui peut se varier et qui
se varie à l'infini et qui prête aux trouvailles les
plus anciennes, aux injures les plus usées de
M. Rochefort un charme éternel de fraîcheur : il
semble que, dans ses Mémoires, ce procédé soit
moins heureux : le nom de M. Jean Casimir-Périer
jure d'être dans le voisinage de celui de Mlle Far-
gueil, et Vallès s'accommode fort mal du bonnet
de la Du Barry (et d'ailleurs c'est un épisode très
agréable). Et tout cela est si loin de nous! C'est
un style (une absence de style) préhistorique :
celui des vaudevilles de 1860 et de l'histoire de
France tintamarresque, et l'esprit de M. Rochefort,
qui paraît d'ordinaire et si obstinément aigu,
semble ici aigrelet, mal à l'aise, éventé, et c'est,
en fait d'aventures, une aventure déplorable et
étrange; on prend encore tant de plaisir aux
mesures d'Offenbach !

Et ce sont des airs de flûte, des variations, des
fantaisies, des pirouettes autour des petits faits et
des grands événements : ce ne sont, comme toujours, que banderillas, des voltes, des petits sauts,
un jeu de cirque, ce sont des passes et des pas de
ballet autour des idées et des hommes : perpé-
tuelles boutades qui, avec la prétention de n'en
pas avoir, se laissent avoir l'air d'être des juge-

ments raisonnés et profonds, et ce sont des anecdotes et des contes : en somme, ce n'est pas et ce
ne sera pas une lecture pénible, une lecture qui
exige des efforts et qui provoque des maux de
tête : rien ne fut jamais plus lisse, rien n'eut
jamais moins d'intentions et de sous-entendus. Et
ce sera bientôt une de ces histoires que le vulgaire
encourage, avec un sourire, de la phrase bien
connue : « Continue, vieillard, tu m'intéresses! »

*
* *

Et le vieillard continue : il sautille autour de
ses phrases sautillantes, il s'amuse autour de ses
« aventures ».

Rochefort.

*Et, à bien réfléchir, son malheur
fut de n'être pas un aventurier et de
n'avoir pas une âme d'aventurier.*
Que n'aurait-il pas pu ?
Il n'avait qu'à vouloir et tout le
peuple était derrière lui, admirant,
criant, suivant, unissant ses haines
aux siennes, ses plaisanteries à ses plaisanteries,
ses sarcasmes à ses sarcasmes, ses passions à
sa passion. Qu'aurait été cette marche? Aurait-
elle semblé une sortie de démons de l'Enfer ou
une descente de la Courtille gigantesque et belle
d'horreur? On imagine — avec un effort — la
flamme des yeux de M. Rochefort et son rictus et

le rictus de la foule : ç'aurait été un mouvement plus grave que celui du 31 octobre, une insurrection plus terrible que celle de la Commune à laquelle M. Rochefort ne prêta que ses moindres talents, à laquelle il ne collabora que mollement, dédaigneusement, en dilettante.

Mais il eut la volonté de ne pas vouloir, de rester à l'écart, en dehors.

Il sut mieux s'évader du pouvoir que de ses prisons, il s'évada de la Chambre en se précipitant à Sainte-Pélagie, il s'évada du Gouvernement provisoire et, après des années, se délivra définitivement vers 1886 du mandat de député que, d'ailleurs, les électeurs ne lui avaient confié que timidement, avec des excuses, en l'élisant bon dernier.

Et, depuis, c'est une vie calme, égayée de trouvailles, une promenade sereine et voluptueuse parmi les musées et des marchands de bric-à-brac. Ç'ont été des National Gallery et des Pinacothèques, des Kursaals même et des Kursaals tumultueux, mais ce fut toujours, à Londres, à Bruxelles et à Ostende la belle vie régulière et parfaitement heureuse. Heureuse?

M. Rochefort ne le croit pas.

Il a éprouvé de petites contrariétés (occasions qui lui ont glissé entre les mains) et les plus sauvages indignations : des enfants passèrent devant lui, que des domestiques laissaient marcher trop vite, et son cœur de père ou, plutôt, son cœur

d'antan, le cœur de l'enfant qu'il fut — jadis — a
saigné : ce philosophe n'a pas médité les Parents
martyrs de Tristan Bernard. Et nous ne pouvons
le blâmer qu'à peine d'avoir fait châtier une femme
de chambre trop pressée, nous ne pourrions que
l'admirer d'aimer les enfants et d'avoir le cœur
sensible, le cœur d'un berger de M. de Florian ;
mais a-t-il le droit d'être tendre aux enfants et
d'avoir un cœur de romance, des émotions de
grisette et des colères de maman ? Ne nous rap-
pelle-t-il pas la dame dont parle Gilbert qui ne
peut voir souffrir la moindre bestiole et qui va,
joyeusement, se repaître du supplice de Lally-
Tollendal, de son échafaud et de son bâillon ? Il
n'a pas tenu à M. Rochefort que M. Constans
n'eût, après avoir commandé en Indo-Chine, sinon
aux Indes, la fin de Lally, et M. Rochefort n'aurait
pas le moindre regret de la mise à mort d'une cen-
taine de mille de citoyens français. Le Dr Cesare
Lombroso, qui a durement reproché à Marie
Bashkirtsef son affection des chats, ne manquera
pas de tirer de la sollicitude de M. Rochefort pour
les enfants bousculés les plus cruelles conclusions
sur son cerveau, sur ses nerfs et sur sa digestion.

Il est des hommes qui doivent marcher sans fin
dans la voie sombre et terrible où ils se sont en-
gagés ; ils doivent vivre une vie sans plaisirs, ne
pas s'arrêter pour cueillir des fleurs sur la route,
pour rire aux étoiles ou pour dormir mollement,

avec un sourire, sous la fraîcheur amicale des
arbres : ils doivent aller, prisonniers de leur
fièvre, sans même trouver un repos dans la mort.
Et M. Rochefort s'est accordé toute douceur : il ne
s'est pas considéré comme le prêtre d'une religion
de ténèbres et de sang, et, s'il a célébré des sacri-
fices humains sur d'effroyables autels, c'est sans
s'en apercevoir : n'aurait-il pas, s'il y avait fait
attention, conservé les autels dans sa collection ?
Pour lui, la Révolution n'est (quand il y songe)et
ne serait qu'une ivresse, une fauve dont les
victimes devraient rire les premières — et pourquoi, d'ailleurs s'embarrasser d'un improbable
avenir ? N'est-il pas avant tout un brave homme,
bien tranquille, qui, ponctuellement, bourgeoise-
ment, héroïquement, fait tous les jours sa métho-
tique et éternelle besogne, son
travail de bureau, qui remplit
sa tâche de vieux petit employé
sans désir d'avancement, qui
termine — lentement — sa carrière, à recopier toujours la
même page et à clamer, obstiné
en sa vertu — étrange vertu, —
tel Brutus autrefois, un Brutus
de *la Belle Hélène*, qui parlerait
la langue d'Hervé, de Clairville
ou de Siraudin : « Ote-toi de la
que je ne m'y mette pas ! »

Rochefort.

*
* *

N'y a-t-il pas cependant des jours ou des soirs
où, las de s'éblouir de ses espiègleries, M. Rochefort se parle, où il écoute son âme qui tinte, qui
accuse et qui pleure ? Ah ! ce doit être moins amusant que le moins amusant des articles de *l'Intran-
sigeant !* Ce doit être un sermon, un pauvre sermon simple, navré, et dont la douleur est toute
l'éloquence. — « Qu'as-tu fait de ton esprit, de ta
facilité, de ta vie ? Qu'as-tu fait de l'influence que
ton extraordinaire fortune te donna sur un peuple ?
Tu as semé parmi ce peuple des doutes, tu l'as
fait douter de tout et de lui-même, tu lui as fait
renier sa foi dans le désintéressement et le talent
de ses gouvernants et de ses généraux, sa foi dans
la générosité, le courage et toutes les vertus : tu
lui as fait renier sa croyance en Dieu, tu l'as fait
rire de la science. Et, à la place de ses enthousiasmes et de ses nobles sentiments, tu as glissé
en lui la haine, toutes les haines les plus basses
et les plus infécondes ; tu as fait du peuple non un
instrument conscient, une arme robuste, une
masse laborieuse, mais un je ne sais quoi sans
forme qui grimace, qui grince, qui grouille et qui
ricane, une chose sans amour, sans ardeur, toujours
prête à penser qu'on la trompe, qu'on la trahit,
qu'on veut se servir d'elle pour l'asservir ensuite.
Et ces gens t'aiment comme ils aiment ce qui leur

fait du mal. Ils ne disent jamais comme le Tri-
boulet de ce Victor Hugo que tu cites sans cesse :

Bouffon, fais-moi donc rire ;

et pour eux tu n'es pas un bouffon. Ils te vénèrent, ils t'aiment.

Est-ce que leur vénération, est-ce que leur
respect ne t'est pas odieux? Ne te tourneras-tu
jamais vers eux pour leur dire : « Je vous ai
trompé, je me suis trompé. Il ne faut pas détester.
Il faut se résigner et s'efforcer vers le mieux et
s'élever péniblement. Il faut croire. » Non, tu sais
qu'ils ne t'écouteraient pas, qu'ils ne reconnaî-
traient plus en eux leur frère, leur maître, leur
idole, et tu continues. Ah! parfois, lorsque tu
faiblis, tu te réfugies en la splendeur de la
Légende des Siècles, tu te déclames des vers
d'épopée où l'on parle de grandeur et de vertu. Et
cela te suffit pour rasséréner ton âme un instant
troublée, pour te rendre le calme de ton front et
le sourire de ta bouche. Pauvre homme! »

Et la torpeur, une lourde torpeur, une torpeur
sans rêve ne descend-elle pas sur M. Rochefort
comme elle descend sur la ville et sur les lecteurs
de son journal? L'horreur vide de leur âme ne
leur apparaît-elle pas parmi le charme changeant
de ses marbres et de ses émaux? Et parmi l'éternelle nonchalance de ses figurines, parmi la grâce
de ses porcelaines, parmi la paix que prête à son

logis la paix de tant de visages et de cœurs de
vierges qui y sont peintes, la paix de tant de bourgeois hollandais qui y disputent, n'entend-il pas
parfois une longue plainte, une plainte voilée, la
plainte de ceux dont il a détruit d'un mot, d'un bon
mot, le repos, la gaîté et l'espérance, la plainte de
ceux qu'il a faits veules, aveugles et méchants ?

Mais son logis est serein et son âme est sereine.
Les statuettes se contentent d'être délicieuses et
les tableaux se contentent d'enchanter les yeux ; ce
sont des tapis caressants et des fleurs innocentes !
Et M. Rochefort, au milieu de cette éparse beauté,
se sent parfaitement beau et a la conscience du
devoir accompli. Il n'a jamais eu d'aventures et,
s'il parle çà et là de cachots lointains, c'est pour
avoir une occasion de se reprocher son mauvais
goût. Mais il a cette vertu si rare, la vertu du
Schmoll du *Lys rouge,* de n'en vouloir pas à ceux
à qui il a fait du mal. Qu'on lui demande ses souvenirs sur l'année 1889, qui fut assez agitée et qui
s'égaya diversement. C'est très naturellement, de
la voix la moins apprêtée et la plus sincère que,
triomphant, M. Rochefort répondra :

« 1889 ? Oh ! une année admirable ! Celle où
j'ai découvert, pour la somme indéterminée qu'on
appelle un morceau de pain, deux Teniers, un
Jordaens, douze bonbonnières et un petit meuble
Louis XV !... »

Septembre 1895.

LA PROMENADE DE M. MÆTERLINCK

A Roger Marx.

Roger Marx.

LA PROMENADE DE M. MÆTERLINCK

Ce ne sont pas de hautes fleurs qui croissent auprès du fleuve. Non, ce ne sont pas de hautes fleurs. Et ce n'est pas un grand fleuve qui court et qui coule auprès des petites fleurs qui se font plus petites et qui tremblent et qui se courbent et qui se couchent le long du fleuve maigre et mièvre, le long du fleuve qui hésite et qui, lent et traînant, semble vouloir aller jusqu'aux petites fleurs lasses et suppliantes et douces. Et ce n'est pas une grosse lune qui se mire dans la lassitude du fleuve et dans la douceur des fleurs, c'est une lune de mansué-

13

tude et de pauvreté, une lune pâle comme l'âme
d'un arbre agonisant, et c'est une lune un peu
fatiguée parce que c'est une très vieille lune, une
lune d'avant Jésus, la lune qui vit mourir le vieux
Jupiter et le vieux Pan et qui vit mourir Hylas
aussi, dans son reflet, parmi les Nymphes et la
fontaine. Et ce n'est pas un large ciel, c'est un ciel
troué comme un manteau de poète. Et M. Mæterlinck se sent petit près du petit fleuve, du petit
ciel, des petites fleurs et de la petite lune. Il
tremble parmi le tremblement de la lune, du
fleuve, des fleurs et du ciel, et il écoute trembler
les fleurs, la lune, le ciel et le fleuve, et il
s'écoute trembler. Il n'y a pas d'oiseaux et il n'y
a pas de papillons ; il n'y a rien du tout dans ce
paysage. Et M. Mæterlinck va, rêveur et termine sa
pièce. Il la termine vraiment, sa pièce. Et bientôt
il l'aura terminée.

I

Elle se nomme *La Route*..... Une route, cette
route avec cette lune et ce ciel et ces fleurs et ce
fleuve. Sur cette route, des sièges qui sont des
trônes et des sièges de vieillards indigents. Et sur
ces sièges de vieillards indigents, des vieillards
indigents, aveugles, sourds, paralytiques et dé-
ments. Il y a sept sièges et sept vieillards. La lune

glisse lentement sur les fronts pâles des vieillards.
Sous le baiser de la lune, chacun des sept vieillards paraît vouloir vivre un peu et parle un peu.
La voix du premier monte, très lointaine : « La
princesse est très capricieuse. Elle a des cheveux
d'avril qui se jouent sur sa nuque et sur ses
épaules et qui vont, jolis et nices, sur ses bras et
parmi ses doigts. Elle sourit, la princesse capricieuse, et elle va, à pas qui dansent, sur la route
du silence. » La voix du second vieillard monte,
très lointaine : « La princesse est très grave. Elle
a des cheveux d'octobre qui tombent d'un jet droit
et qui restent immobiles sur son dos de mélancolie. Elle a les mains croisées sur ses seins de
méditation et elle va, à pas glacés, parmi la
route crevassée. » La voix du troisième monte,
très lointaine : « La princesse est très sereine.
Elle a des cheveux de juin qui, en deux ondes
égales, coulent le long de ses joues. Elle a des
yeux qui ne s'étonnent pas et qui n'interrogent
pas. Et elle va à pas tranquilles parmi la route
subtile. » Et les autres vieillards disent tour à tour
d'une voix très lointaine que la princesse est très
langoureuse et qu'elle a des cheveux d'août, qu'elle
est très frissonnante et qu'elle a des cheveux de
novembre, très douce et qu'elle a des cheveux de
mai, très incertaine et qu'elle a des cheveux de
mars. — Et la route est vide, vide éperdument.
Et chacun des sept vieillards voit passer sur la

route des trésors qui se nuancent et s'accroissent
sous la voix de chacun, des armées harmonieuses
et fortes qui se dénombrent sept fois, des musiques et des harpes et des violes et des théorbes,
des voiles qui flottent et des nuages et des soleils
et des herbes et des âmes. Et la route est nue, nue
éperdument. Alors, quand les vieillards se sont
tus, voici venir sur la route des princesses et des
trésors et des armées et des musiques. Ce sont
apothéoses et enchantements, c'est miracle, c'est
beauté, c'est douceur. Et, scandant le cortège,
parmi les vierges et les ors, la voix des sept vieillards monte et chevrote, désespérée : « Oh ! il n'y
a plus rien sur la route ! il n'y a plus rien du tout
sur la route ! » Et le cortège va, toujours plus
riche, et la plainte des vieillards monte, plus
angoissée et plus désolée.

II

M. Mæterlinck a maintenant terminé sa pièce.
Il songe. Une songerie où l'on ne songe à rien et
où des images, paresseuses, ne s'évoquent pas.
Une songerie où l'on songe qu'il y a des images,
quelque part, dans sa tête ou dans son âme, des
images et des souvenances mollement couchées
les unes sur les autres, en un silence et un mur-

mure ouatés, une songerie où l'on ne perçoit ni
son ni couleur et où l'on sent qu'on songe à
quelque chose parce qu'on a la tête un peu lourde,
un peu vague et d'une telle inconsistance ! Donc
M. Mæterlinck songe et il se chante : « Hou !
Hou !» et il se rappelle une chanson de jadis :
« Quand j'étais petit, je n'étais pas grand. »

Bientôt cette chanson le prend tout entier. Il
s'en enveloppe, il s'en berce.

« Quand j'étais petit..... » Il n'y a pas très longtemps..... Il n'y a pas très longtemps, en vérité.
Voici bien plus de mois et bien plus d'années que,
pour illustrer des revues jeunes, il s'appelait
Mooris. Mais il n'y a pas tant de nuits qu'il était
petit. Et il peut retourner à ces temps. Cette petite
lune, ce petit bois, ce petit fleuve, ce sont accessoires de contes de nourrices. Et M. Mæterlinck se
souvient de contes dont il n'a jamais entendu la
fin, contes dont la douceur et dont l'horreur le
prenaient traîtreusement, et le livraient au sommeil, devant que le fils du roi eût épousé la fille
du pêcheur. Oh ! les mièvres et indulgents cauchemars qui, sur les yeux éperdus, sur les yeux fous
laissent tomber les lentes paupières comme le
rideau de fer sur le dernier acte d'une tragédie
classique. Et maintenant il se souvient bien que
jamais il n'a entendu la fin des vieilles légendes
de sa nourrice. Et ces légendes avaient-elles jamais
eu une fin ? Et les vieilles légendes et les légendes

et les histoires ont-elles jamais une fin? Il ne sait pas; non, il ne sait pas. Et il songe à ces histoires qui le bercèrent. Les entend-il jamais? Il ne sait pas. Et quelles sont-elles! Ah! pourquoi le savoir? Ce sont des cheveux de jeunes filles et des sourires de vierges et des épées floues de héros et des forêts floues et des monstres flous. C'est de la grâce et c'est de l'héroïsme et des ors pâles et de pâles amours. « Quand j'étais petit..... » répète la chanson. Petit, tout petit. Oh! si petit, avec des lunes dans les yeux et des lunes dans les cheveux et le reflet rose d'une rose aux lèvres et le reflet pâle d'une rose pâle aux joues et l'innocent reflet de cieux innocents à l'âme. Ah! temps délicieux, temps infinis, temps lointains... Lointains? Le refrain revient, ingénu : « Quand j'étais petit..... »

Mæterlinck.

III

M. Mæterlinck songe. Quand, au juste, était-il petit? Et quand a-t-il cessé de l'être? Ça, c'est une chose qu'il ne sait pas du tout. Et a-t-il cessé d'être petit? A-t-il atteint l'âge horrible où l'on devient homme, où, sous le poil brutal qui cache les reflets de rose rose que sont les lèvres et les reflets de rose pâle que sont les joues, poussent de la férocité et de la veulerie et de la torpeur? Non, non, n'est-ce pas? il est encore petit. Que sont ses paroles? Des mots, des balbutiements qui vont, qui montent, qui se répercutent, qui se lassent, qui, d'écho en écho, bondissent et se perdent peu à peu dans le gouffre de l'infini. Que veut-il, qu'offre-t-il aux hommes? De la jeunesse, de la puérilité, des marionnettes vêtues de nuit et d'effrois, des ogres mélancoliques et des ciels inconsistants où courent des frissons, et ce sont choses qui passent parmi les hommes et qui, doucement, tendrement, effacent leurs rides, et les hommes se laissent effacer leurs rides et retiennent leur souffle un moment afin de sentir l'âme de leurs cinq ans, l'âme de leurs six mois qui les effleure, qui les pénètre avec ses visions, ses éblouissements, ses apeurements et ses subtilités. Et ces hommes revivent leur vie d'hésitation et de fragilité, la vie où ils n'avaient pas toutes les débilités de la vigueur, où ils ne connaissaient pas le leurre de la raison, de la réflexion, de la vertu.

Et M. Mæterlinck va par la forêt. Elle se plisse de petits plis, se fait mièvre, se fait fluette; elle se peuple de fantômes, de fantômes qui frémissent des frissons que leur imposa M. Mæterlinck, qui pleurent des larmes qu'il leur permit, qui bégaient des bégaiements qu'il leur inspira. Et ce sont fantômes caducs qui, parmi les flots de leurs barbes blanches, cherchent les seins durs, les seins tendus de lait qu'ils mordirent voici des siècles, qui, parmi leur scepticisme et leur positivisme, cherchent les loups-garous et les démons que, jadis, ils redoutèrent, ce sont fantômes falots qui entourent M. Mæterlinck et qui le suivent et qui le remercient.

Poète, poète, naïf poète, il a créé des mondes où l'on peut trembler, aimer et mourir, et les passions existèrent par lui, les passions simples et troubles, passions de malheur et de mort, et c'est gentil tout plein et c'est frais comme ces visages de petites filles qui ont l'air de petites vieilles. Et les fantômes le remercient et l'admirent d'être un petit garçon taciturne et doux, de rêve monotone et humble, d'âme lourde et d'yeux lents.

Mæterlinck.

IV

Et M. Mæterlinck va, le long du fleuve. Il lui semble bien maintenant que le fleuve est puissant et torrentueux, que la lune est large et claire, lune de labeur et de combat, que les fleurs, d'un jet

fécond, montent et s'ébrouent, et il lui semble
bien que les fleurs, la lune, le fleuve, le paysage
et le monde vivent d'une vie réelle, brève, souple
et un peu fiévreuse, d'une vie sans langueur et
sans phrases. Il lui semble bien qu'il y a une autre
souffrance que sa souffrance, une autre douleur
que sa douleur et de la réalité et de l'ardeur et
de l'ennui et des tourbillonnements de vertus, de
vices, d'inquiétudes et de joie. Mais qu'importe?
Et qu'est-ce que ça fait que son théâtre soit faux
et ne soit pas et que sa philosophie erre et que ses
mots planent d'un vol pesant? Il est celui qui
rajeunit les hommes, il est celui qui, dans ce
monde compliqué, crée un monde simple et qui,
du monde qu'il a créé, cache un instant le monde
qui est. Il est l'être du faux irréel, l'être qui, bien-
faisant, fait oublier la vie et les songes par de faux
petits songes et de faux petits drames, et il va, et
chante sa chanson : « Quand j'étais petit », et il
se plaît et il s'aime tout à fait le long du fleuve, le
long du ciel, en ce décor de leurre, dans le leurre
de son génie, de son enfance et de son âme.

Août 1895.

LA CONFESSION DE M. MARCEL PRÉVOST

A Octave Mirbeau.

LA CONFESSION DE M. MARCEL PRÉVOST

———

Vide, et délivrée de la hantise des passions humaines, et du fardeau des terreurs humaines, délivrée de cette chose lourde et sombre et laide, la foi humaine, l'église, toute lumière et tout élan, peut — enfin ! — se prêter à Dieu. La flamme des lampes et des cierges et des tableaux et des statues s'épure et l'orgue est tacite et l'autel resplendit : c'est une hymne de partout — et tout est hymne.

Non. Une porte s'ouvre... Des pas... Et l'autel, une housse de je ne sais quel azur tombée sur sa splendeur, n'est plus qu'une armoire à glace (sans glace) — et les tableaux deviennent chromos et les statues deviennent torchères de vestibule et l'église devient hôtel meublé : c'est M. Marcel Prévost qui est entré.

I

Un rendez-vous, sans doute? Il va, tapi dans l'ombre du porche, attendre l'ombre d'une femme et l'ombre du péché? Il hésite comme s'il lui fallait enseigner l'amour à Longus ou à Stendhal, puis il s'avance droit à l'autel comme si c'était la caisse de son éditeur.

Dieu est très loin, très loin.

M. Prévost est arrivé à l'autel.

Et il reste tout bête. Ça n'est pas si facile que ça, de prier, de tomber à genoux : il se balance comme sur la corde raide de l'adultère, se penche et, dandy, se dandine sur une ourse « à qui on vient de poser un lapin ». Mais c'est là une occupation vaine et qui ne peut durer. Prier! Et se laisser venir aux yeux les larmes qui montent, qui montent et qui obstruent la gorge, les douces larmes, les larmes de rachat et de gloire!

Mais on ne pleure pas comme ça. Et M. Prévost ne sait plus ce qu'il est venu faire en cette église : il va s'en aller très vite comme quand il va au Louvre recevoir en plein dos le sourire de mépris et de pitié de la Joconde. Pourtant partir ainsi, c'est dur — pour un chrétien. Il ne s'agenouille pas : il sent que les dalles le jetteraient en l'air comme une balle élastique, qu'elles ne voudraient point laisser traîner sur leur ardeur glacée, sur leur ferveur lente ses genoux d'impureté et de vulgarité. L'église est mauvaise et dure : elle se ferait douce au démon, elle se fait hautaine à celui qui, pour les vendre, enveloppa des injecteurs dans des feuillets d'antiphonaires. M. Prévost hésite et s'obstine. Que veut-il? Blasphémer, rire de Dieu et de l'église, qui sait? célébrer une messe noire? Non, il n'y a personne et ces impiétés sont choses qu'il réserve pour les thés de cinq heures.

Sa piété aussi, du reste. Il est là, comme il serait faubourg Saint-Germain, sans plus. Mais tout pèse sur lui, l'autel, les cierges, les chaises, le chœur et l'abside. Il lui faut chercher un refuge.

Et pour un peu, il sourirait : il a trouvé.

II

C'est le confessionnal, triste comme le péché. Et plus triste depuis que M. Prévost y est.

« Mon Père, dit-il, mon Père, je suis troublé. Non à cause de mes fautes, mais parce qu'il me semble que ce que je fais est de mauvais goût : je me plagie, c'est une parodie d'un de mes romans. Vous souvenez-vous, mon Père, de cette page du *Scorpion* où, tenaillé par le repentir, le

défroqué vient chercher ici l'absolution et l'âpre
volupté de la pénitence?... » — « Je n'ai pas lu
le Scorpion, dit la voix grave du prêtre. »

M. Prévost reste un moment béant : la voilà,
la vraie confession! c'est celle du prêtre et elle
est autrement grave que la sienne! Et, comme
le silence s'aiguise, le prêtre continue : « Toutefois souvenez-vous que Dieu est *Celui à qui
on ne la fait pas*. Ce n'est pas ici le lieu des
parodies et des comédies, et ce n'est ni votre
cabinet de toilette, ni votre souffroir. » — « Je
le sais, dit M. Prévost. Et je viens ici pour me
pleurer. J'ai péché, mon Père, j'ai péché. Et j'ai
péché parce que j'ai peint le péché, parce que je
me suis penché sur la faiblesse des hommes et des
femmes et que je leur ai prêché tristement la tristesse et la vertu. J'ai voulu les amener sans hâte,
avec art et avec fruit, de leur faute à la vertu et
de leur inquiétude à la béatitude et, pour leur
montrer que leurs plaisirs étaient de faux plaisirs,
que leurs peines mêmes et leurs angoisses étaient
de fausses angoisses, puisque ces peines venaient
de leurs sens et de ce néant qu'est le monde, je me
suis complu à la description de leur misère et de
leurs fausses joies et de leurs naïves subtilités et
mes lecteurs se sont complus eux aussi à ces descriptions et comme mes réflexions morales, mes
conseils et mes prêches étaient courts (car les
livres sont courts), comme ils ne se trouvaient

qu'au bout du volume, on ne les trouva pas, on ne les chercha pas. Et on trouva ça très bien. Et je m'entêtai en mon apostolat. Ce furent d'autres conseils — et les mêmes conseils — à la fin d'autres livres. On lut les livres et on ne lut pas les conseils. Il me fallut continuer. Je continuai. Toujours le même effort vers la vertu et vers le bien et les mêmes chatouillements et la même tiédeur agaçante et la même atmosphère basse et lourde de salle de bain de courtisane et le même baiser en flèche et le même cerne des yeux. Des femmes se laissèrent charmer et des hommes aussi qui, dans leur enchantement, oubliaient la vertu, le bien et l'effort. Ces créatures m'étaient douces : il me fallait leur être doux. Je ne pouvais, parmi leur admiration, tourner vers eux une bouche de colère et la flamme de conscience et leur crier : « Repentez-vous et faites pénitence. » Oui, je sais, c'était beau, mais ça ne se fait pas à l'École des Mines. J'attendis, fécond, l'instant d'être compris — qui ne vint pas. Et voilà mon malheur : à force d'étiqueter des spasmes et d'emmailloter ou de démailloter des adultères, de déboucler a ceinture d'amitiés de couvents et de noter des hésita-

M. Prévost.

tions de virginité, je sens que j'arrive à écrire ma page pour l'écrire, en soi, et que j'oublie mon but, que j'oublie ma morale et mon effort vers le bien. »

III

La voix du prêtre s'élève, nette et cruelle : « Ce serait pour le mieux, dit-il. Et c'est une chose que j'espère sans y croire. Renoncerez-vous à cette apparence d'excuse qui ne se trompe même pas elle-même et que je croirais de la perversité si je vous permettais de la perversité ? Mais vous êtes ingénu, et vous n'êtes qu'ingénuité. Ce sont les ingénus qui s'étonnent devant les ingénues et qui cherchent celles qui furent ingénues et qui parlent d' « oie blanche », lorsqu'ils ne peuvent parler — et à peine — que de « *la petite oie* ». Les autres, les malins, saluent et admirent la beauté et la vertu en fermant les yeux : ça leur caresse, ça leur rafraîchit, ça leur parfume l'âme en passant — et ils passent.

Étudier la jeune fille ! Un frisson, un désir et des ailes qui apprêtent leur éploi, et des larmes et une âme toute légère qui vient se jouer jusqu'aux lèvres et qui, peureuse, vient se blottir tout de suite au creux du cœur, des soupirs et des regrets de ciel et des petits reculs devant la vie et des envies, par peur, de se jeter dans cette vie, les yeux clos, oh ! il faut aller vite devant les voiles qui flottent et les cheveux qui s'abandonnent, il faut se hâter pour ne pas les voir vieillir — même d'un instant et pour rêver à jamais de grâce et de jeunesse et d'innocence.

Vous fûtes assez humble et assez lourd pour « étudier » la jeune fille. Je n'en dirai pas plus : c'est là une médiocrité qui implique toutes les autres. Ah ! on aime votre livre ! Ah ! on dit : « Comme c'est ça ! » Malheureux ! Malheureux ! Vous fûtes l'élu, vous fûtes celui par qui deux cent mille êtres peut-être avouèrent et proclamèrent leur petitesse, leur cécité et leur bassesse, vous fûtes un instrument d'humilité et vous fûtes aussi le cloaque où les hommes et les femmes abandonnèrent et oublièrent leur vilenie, la boue menue de leurs cœurs, de leurs pensées, de leurs opinions sur le monde, sur leurs amies — sur eux-mêmes. C'est quelque chose, cela. Vous êtes l'esclave public qui passe parmi les cerveaux et les cœurs — et les ventres — et qui les lave avec une eau sale et vaseuse, puis qui s'en va — pour revenir.

Et ce n'est pas une fonction gratuite.

Mais je ne vous la reprocherai pas et je ne vous reprocherai pas non plus votre simonie de bazar à treize : il faut des hommes comme vous et des

œuvres comme les vôtres. Mais ne venez pas chercher des absolutions et ne traînez pas du côté des
églises. Qu'avez-vous à faire avec Dieu ? Vous
devez ignorer les splendeurs du catholicisme et
les splendeurs du paganisme : vous devez même
ignorer les splendeurs de la chair : vous ne devez
connaître que de petits et humbles sourires,
d'humbles et de petites larmes. *Allez et péchez*,
monsieur. »

IV

« Quel étrange prêtre, songe M. Prévost. Est-ce
l'abbé Constantin, est-ce le chanoine Docre ? Ou
plutôt ne sort-il pas de mes œuvres ? Et n'est-ce
pas le prêtre qui est en moi qui vient de parler ?
Étrange ! Étrange ! Et il a négligé ma tendresse,
ma sensibilité, et ma belle santé physique et morale parmi mes sensibilités et mes miévreries. Il
n'a pas dit qu'avant tout je suis un heureux garçon. Bah ! on ne peut tout dire ! »

Et un sourire relève sur sa lourde mâchoire sa
lourde moustache.

Pourtant il se trouble bientôt quand il voit,
comme il le soupçonnait d'ailleurs, que ce n'est
pas un confesseur vivant qui l'a confessé. Qui
est-ce ? Mais M. Prévost n'a pas de goût pour le
merveilleux et le mystère. Et, sans se signer, il se

précipite hors de l'église qui redevient belle, pure, haute, se précipite vers des boudoirs et des bougeoirs et des urinoirs, comme s'il avait envie... d'écrire.

Septembre 1895.

CHANDS D'CAUCHEMARS

A Zo d'Axa.

CHANDS D'CAUCHEMARS

Parmi des arbres qui, sous la pluie, jetaient les
pointes méchantes de leurs branches vers le ciel
bas et las, parmi des larmes qui pendaient au bord
des volets et la netteté saignante de rues toutes
droites, M. Jean Lorrain descendit vers le fleuve.
Sur les rives couraient de petits hommes maus-
sades et ces chiens envieux et, entre des remous
mourants, des bateaux s'arrêtaient pour s'être
élancés : c'était, vers les ponts et vers les nuages,
un essor de leur masse béante, de leurs mâtures et
de leurs cheminées. Et c'était une petite eau grise
qui se dartrait de tourbillons verts, c'étaient de
clairs frissons qui se jouaient comme à regret,
sous la menace d'un Neptune ou d'un Éole garde-
chiourme. Et c'étaient des anneaux et des chaînes,
des cordes qui s'étiraient pour pourrir et des
berges qui se dressaient, hautaines et lisses, pour

défier les mains grimaçantes et les agonies limon-
neuses des noyés. De petites filles allaient, et leurs
yeux, brouillés d'un flot de cheveux, gardaient le
vertige de l'eau et son reflet subtil qui devait
s'enrichir de toutes leurs misères. Et l'eau les
laissait fuir pour les posséder ensuite, plus belles
et de douleur plus belle.

« C'est un paysage de Marcel Schwob », se dit
M. Jean Lorrain. Et des livres l'attirèrent qui,
en des boîtes trop étroites, pressaient l'un contre
l'autre, frileux, peureux et pauvres, au-dessus du
rêve du fleuve, leurs rêves et leur mensonge. Son
regard errait, rapide, sur des tomes qui louaient
Dieu, sur des poèmes et des traités de métaphy-
sique lorsque, à l'improviste, un volume se révéla
captivant. M. Jean Lorrain le prit, le feuilleta avec
une tendresse un peu distraite et admira sur la
garde les trois lignes d'une dédicace humiliée. Le
sourire de Raitif de la Bretonne distendit ses
lèvres :

« Quand on songe aux amis... » murmura-t-il.

Et voici que d'un pays de songe, s'en venait
vers le fleuve morne un être de songe. Le poids
des illusions perdues d'hier et de demain avait
ployé ses épaules, et les pleurs qui furent versés
par les épouvantes des amantes bercées de contes
de fées, les pleurs qui seront versés par les enfants
à naître en les fossés des routes avaient vidé ses
yeux : c'étaient de larges et lentes amandes d'un

blanc dolent, et sur cette blancheur, des taches
noires s'immobilisaient, qui étaient des prunelles.
Sur une bouche gercée et glacée de fièvre, une
moustache tombait en un dur navrement et une
mèche ramenait sa mélancolie penchée sur un
crâne en voûte de nécropole. Et toute cette face
était maussade et unie comme un mur derrière
lequel se passerait quelque chose — de l'Hugo
peut-être. Tête de poupée, d'une cire loyale,
masque égyptien peint par un scribe de loisir,
c'était encore l'harmonie, sans pli adventice, d'un
visage de fakir marchant, glorieux, parmi des
fidèles ou, parmi des sabres raidis de gendarmes,
d'un visage de guillotiné. En la ténèbre courbe
du cheveu et de la barbe, en la courbe lasse des
paupières, du menton, du nez et des joues, tout
n'était que paix, régularité et ordre, — l'ordre qui
régna à Varsovie.

Lourd, les épaules plus hautes, il marcha vers
M. Lorrain et le toucha du doigt : « Bonsoir »,
lança M. Lorrain. « Bonsoir », répondit l'autre
gravement.

Et dans sa main glissante glissa la main de
M. Jean Lorrain.

Puis il indiqua le livre que M. Jean Lorrain
venait de découvrir : « Ah ! fit-il, c'est votre
Petite Classe. Je ne connais rien de délicieux
comme ces pastels rehaussés d'eau-forte et de
pointe sèche. Goya revu par Marillier, Watteau

corrigé par Van Gogh. Et c'est la lecture de tous
mes instants. »

« Non », dit M. Lorrain, en une calme certitude.
Il ouvrit le livre. Sur la première page, des lettres
inquiètes se chevauchaient : « *A Marcel Schwob,
son ami Jean Lorrain.* » M. Schowb ne parut point
fort soucieux de s'émouvoir : « Ah ! » fit-il avec
la superbe d'un monsieur qui vit dans les *Mille
et une nuits* et en les traductions (par un Perrot
d'Ablancourt persan) de Pétrone, de Diogène
Laërte, d'Apulée et de Gérard de Nerval.

« Oui, se piqua M. Lorrain. Et c'est sans doute
une terrible histoire... Un soir, un homme entra
dans la chambre. Il avait la peau grise et ses mains
que des bagues cerclaient d'or faux frémissaient
dans le vide et des rides aiguisaient ses yeux. Il
erra parmi les tentures, sans bruit, pour ne pas
troubler le trouble du poète. Et il négligea les
objets précieux, hormis un seul qui était un livre
et qu'il emporta. Et il courut par les lumières qui
tremblaient sur le fleuve. » (*Vie de Marcel Schwob*,
passim.)

Mais, dès qu'il eut fini de parler, il eut honte
d'avoir parlé.

M. Schwob gardait sa face morte et ses yeux
vagues. *M. Lorrain sentit qu'il le regardait.* Et
il eut froid. Dans les yeux presque fermés de son
compagnon il lui semblait qu'il voyait sa propre
image ; puis la face de M. Schwob lui parut devenir

— toute — un miroir où se dessinaient des rides, des ravines, des cicatrices et des plaies qui étaient ses plaies, ses ravines, ses rides et ses cicatrices. C'étaient des rictus et c'étaient des stupeurs, des frissons de souffrance — et M. Jean Lorrain fut triste. Qu'importaient, dès lors, des ironies et des reproches? Qu'importaient des sourires courant autour des histoires qu'ils avaient chuchotées et des cauchemars qu'ils avaient vendus? Baisers patients et d'une patience impatiente et lancinante, baisers fouillant et creusant la bouche, y gravant de profondes et cruelles arabesques, baisers qui aspirent lentement et avec une lenteur goulue l'âme et l'émoi des plus secrètes entrailles comme soulevées, spasmes pâles et si pâles qu'ils consument tout l'être, et les caresses qui cassent et les respects qui brisent, les nuances les plus insaisissables et les plus éternelles, M. Lorrain avait tout chanté et tout décrit pour des sommes modestes. Et ça lui avait coûté encore moins. Et les chevaliers les plus rigides, les légendes les plus frigides, les paupières les plus vides, les allaitements sous les arbres nocturnes, les aigles blémissant en l'or blême des casques, et le sang s'épandant parmi la rouille des routes, et les cris de l'eau et des astres, les silences et les appels, les idylles et la pluie, les crapauds et les licornes, ç'avait été de l'écriture et de l'encre tranquille. Et maintenant tout revenait, tout le marquait, tout l'avait marqué. Les baisers

l'avaient mordu, et il sentait sur ses lèvres leurs
traces et leur âpreté : spasmes, caresses, tout l'avait
abattu, tout l'avait miné, tout le tuait sans que
jamais il eût pu connaître la moindre volupté, sans
que les plus sauvages enlacements l'eussent sanctifié de leur naïveté, sans que, parmi des ronces,
de la verdure, du soleil mauve, et de la candeur,
il eût aperçu un peu de ton aile et de ton sourire,
de l'ombre et du soupir de tes cils et du frisson de
tes cheveux, Amour !

Des fièvres couraient sous sa peau, des fièvres
de la Salpêtrière et des fièvres de l'Érèbe, des
cancers qui rongèrent des cuirasses et des né-
vroses qui froissèrent des
robes crème, et sa face
lui apparaissait pauvre,
molle, couturée et terne.
Mais il fut ennuyé de
trouver en sa rêverie une
ressemblance du *Por-
trait de Dorian Gray*. Et
M. Schwob, plus sombre,
la tête plus enfoncée,
semblait se courber da-
vantage sous l'élan hai-
neux de mystères à demi
dévoilés, de fantômes is-
sus de leurs tombes à
demi-violées, de mortes

Jean Lorrain.

mi-dévoilées, de dieux tirés de leur ciel et de pirates arrachés à leurs potences. Les cauchemars étaient descendus sur ces deux hommes : le cauchemar dont ils avaient fait la chose de tous, dont ils avaient défié la majesté et la puissance, s'était vengé, s'était emparé d'eux, ne les lâchait plus, et ils en teintaient maintenant tout ce qui les entourait, femmes, maisons et fleurs ; ils en saupoudraient, malgré eux, leurs aliments et leurs rires, ils le subissaient en leurs promenades et en leur couche.

Le soir tombait, plus dur et plus âpre. Le fleuve, plus taciturne, semblait mort et le ciel s'étendait, sans étoiles, comme sous les pattes d'une araignée peu artiste. Et le pont des Saints-Pères s'enfonçait sous les voûtes du Château de Passé dont les fenêtres grises demeuraient muettes. Les deux hommes n'osaient plus même souffler par peur de réveiller les âmes de Poë, de de Foë, de Swift et de Shakspeare qu'ils entendaient grincer et gronder dans les boîtes refermées des quais. L'absence des chauves-souris les inquiétait, et ils cherchaient,

Marcel Schwob.

parmi la ténèbre indécise, des flammes hurlantes d'incendie, des agonies et des abois de chien.

Et ils restaient là, à se regarder, comme deux culs-de-jatte de Jean Veber.

Octobre 1895.

J.-H. ROSNY ET LE MASTODONTE

A Alphonse Allais.

Alphonse Allais.

J.-H. ROSNY ET LE MASTODONTE

« J.-H.! » cria J.-H., « J.-H. ». — « Me voici, J.-H. », dit quelqu'un de la pièce voisine. Mais ne pourrais-tu m'attendre un peu? Je suis en train d'étiqueter et d'épingler des néologismes et, si nous voulons les risquer dans une dizaine d'années, il faut les ranger avec soin, en leur ordre et suivant leur ancienneté. » — « Il s'agit bien de néologismes et de leur ancienneté! » gémit J.-H. d'une voix peu sûre. L'autre entendit que son frère était troublé et il tâcha à tarder. Il oubliait ses doigts en de la ferraille menue. Mais un cri éperdu

l'appelait : « Viens, oh! viens! » Et l'émotion
éparse, bouillonnante et zigzagante de ses derniers romans le remua. En même temps un mugis-
sement inhumain ébranlait les murs. « Tiens, dit
le jeune J.-H., il y a du monde. Je suis sûr que
c'est Léon Daudet! » Il alla et poussa la porte.
Mais aussitôt une stupeur l'enserra. Il voyait son
frère et il voyait une bête.

Qu'était-ce que cette bête-là? Immense et lourde
et ténébreuse et monstrueuse, de sa trompe, de
ses yeux et du dédain de ses oreilles, de sa croupe
et de sa queue, elle débordait le plafond, le regard
et le génie des deux frères. Elle ne semblait d'ailleurs pas méchante. Immobile, elle attendait. Ç'aurait été très facilement un éléphant si la majesté
du logis des Rosny n'avait pas commandé à tous
les visiteurs d'être préhistoriques et antédiluviens.
L'animal était évidemment antédiluvien et préhistorique. Il l'était avec grâce, sans morgue, sans
pédanterie, simplement, comme on est Belge ou
sourd. J.-H. l'ancien se tourna vers le jeune J.-H.
qui baissa les yeux. Alors l'ancien tourna vers la
bête sa face fatidique :

I

« Bête, dit-il, j'ai dit et j'ai chanté et je chante

les bêtes qui, hors des brumes du mystère, en un essor, chassèrent l'homme et furent chassées par lui, vécurent avec lui et le firent vivre de leur mort. Et je te connais, bête, car je t'ai dite. Mais, en ce moment je ne te reconnais pas. Tu n'es pas, puisque tu es sans crinière, le Felis Spelaea, et tu n'es pas l'Aurochs, puisque tu n'as pas de cornes, et tu n'es pas le Mammouth. »

J.-H. Rosny aîné.

La bête s'assit sur sa queue et remua sa trompe du geste d'Henri de Toulouse-Lautrec.

Les Rosny s'étonnaient déjà du son qui allait jaillir de la bête. Et J.-H. l'ancien continua :

« J'ai chanté le Felis Spelaea et j'ai chanté aussi l'Aurochs parmi des aurores... »

La bête l'interrompit : « Tu n'as pas la trouille, fit-elle sans pose, d'une voix douce, comme si, dès les temps, elle avait parlé cette langue. Tu me fais un cours d'histoire naturelle! Et tu ne vois même pas qui je suis. Or je suis un mastodonte, un pauvre petit mastodonte. Ne fais pas de dissertation sur les mastodontes : accepte-moi comme ça. »

— « Nous t'acceptons, dirent les frères, et tu es notre hôte. »

— « Chouette! s'extasia le mastodonte. Vous êtes des frères. Et je vous offrirais quelque chose si c'était la coutume pour les mastodontes de laisser errer sur le zinc des liquoristes leurs siècles et leur immémoriale immatérialité. Mais je suis venu seulement, en passant, pour vous saluer.

Vous avez été bien gentils d'aller me chercher et d'aller chercher mes tristes contemporains pour nous jeter, ornés de ces chaussettes russes que sont vos épithètes et vos barbarismes, parmi votre lyrique et touffu commentaire de l'heure qui fuit. Oui, c'est gentil à vous, à toi, reprit-il, en se tournant vers J.-H. le vieux. Et je ne déteste pas du tout tes romans modernes. La fièvre qui dévore et qui nourrit ton temps, fièvre d'avoir, fièvre de savoir, fièvre d'aimer, la fièvre qui pousse les ignorants vers la science, la science à avaler goulûment, avec ses noyaux et sa pelure et sa mousse et sa poussière, la fièvre qui lance les hommes vers la femme qui passe, la femme diverse et même en tant de femmes, et l'essai douloureux de la science et l'essai douloureux de l'amour, les haltes et les stagnations parmi la fièvre universelle et le désespoir qui vient de l'injustice et qui vient de la misère des autres et de sa misère à soi, toute la frénésie de la foi à l'homme et de la foi à la science et de la foi à la vertu, et les mille facettes sentimentales et émues du cœur et la misère du verbe et de ceux qui vivent du verbe, en famille,

le prestige des enfants, la grâce et l'horreur de la
vie, le soleil parmi les arbres et la révolte dans les
cœurs, tu as dit tout ça et tu as vibré et tu t'es
écouté et ç'a été loyal et ça été bien et ça été beau.
Mais je ne sais vraiment pas de quoi je me mêle
(il eut, très strictement, le geste de Renan) : je
suis, moi, un pauvre mastodonte et je vais faire
du style, juger des œuvres d'aujourd'hui, que
sais-je? Ferais-je pas mieux de manger de la chair
humaine? »

Il se tut un moment; puis, souriant du sourire
d'Anatole France, il ajouta : « Mais je ne sais si
Cuvier et consorts me permettent de manger de la
chair humaine. Et vous, me le permettez-vous? »

Fatidiques et encyclopédiques, les Rosny recu-
lèrent d'un pas, levèrent la main et, d'une ardeur
jumelle, professèrent :

« Bête, nous ne te le permettons pas. Les textes
et les fossiles... »

Sans brutalité, avec une adresse toute parle-
mentaire, la bête esquiva la dissertation : « Les
fossiles, c'est vous », gouailla-t-elle, « et, si j'avais
de la malice, je vous mangerais pour vous prouver
que vous vous trompez. »

II

Les Rosny sentirent leur âme se gonfler d'hé-

roïsme. C'était l'âme de Vamireh qui leur venait
et tant d'autres âmes silvestres et lacustres et des
âmes des montagnes et des âmes sur pilotis. Ils
cherchèrent des armes, ils cherchèrent — car c'est
chose indispensable dans les combats préhistoriques — la faim féconde et farouche, mais ils
avaient mangé et ils n'avaient pas d'armes. Et la
bête était amicale. « Je n'ai pas de malice, dit-elle ;
je suis un pauvre mastodonte. Et je ne profiterai
même pas de l'occasion pour vous reprocher de
sacrifier toujours l'animal à l'homme. J'ai lu La
Fontaine et je ne le réédite pas. Pourquoi cependant faire reconnaître à la tigresse blessée perfidement la suprématie de son assassin? Est-ce que
jamais les hommes furent aussi poètes dans les
jungles et dans les moindres bois que les pan-
thères, et les lièvres? Vous me direz que vous ne
connaissez pas la poésie des lièvres et des pan-
thères, que vous soupçonnez à peine le lyrisme
des rossignols, ces Jean Rameau, et des fauvettes,
ces Louise Colet, mais ce n'est pas notre affaire.
Ah! pourquoi croire à l'homme? Parce que vous
êtes homme : c'est un argument *ad hominem* (pas
dans l'espèce, pourtant); eh bien! moi, qui suis
un mastodonte et qui le suis depuis bien longtemps, je ne crois pas aux mastodontes! » Il
secoua ses oreilles nihilistes et reprit :

« Vous, vous y croyez; ah! vous êtes bien heureux d'être jeunes! Et, après avoir cru épuiser

sous toi toute la misère du temps présent, tu t'es, toi, l'aîné, acheminé, parmi une longue route de fantômes, vers la misère des temps, des temps ! Et tu n'as pas vu cette misère. Tu étais parti chercher de la force et de la jeunesse et de la bonté et de l'effort souriant et tu as trouvé l'effort souriant, la jeunesse, la force et la bonté. Tu es bien heureux. Mais nous avions les mêmes peines et les mêmes jalousies et les mêmes complications d'existence et la même simplicité de détresse. Enfin !... Et tu as fait du Jules Verne avec du cœur, du sentiment et de l'écriture : c'est quelque chose. Pourquoi maintenant rirais-je du roman préhistorique? C'est ce que ferait Jean-Jacques aujourd'hui. Et si je pouvais désirer moins d'étrangeté et moins d'effets et des adjectifs plus nus pour parler de nudité, de caudeur et de candide férocité, si je me suis amusé quand j'ai vu des dessins dix-huitième siècle illustrer l'âpreté des idylles lacustres, c'est sans doute goût de mastodonte (il eut le geste de Sarcey). Et si je m'apeure un peu en voyant monter chaque jour le flot ému de vos volumes, leur lave généreuse et leur molle inquiétude, si je m'apeure devant cet incessant amas d'élégies et d'hymnes et de contes, c'est parce que, à mon âge, on ne lit plus, on relit. Vous êtes féconds, vous êtes jeunes, vous avez une âme ardente, vous avez la naïveté la plus ornée que je sache, vous avez de l'hallucination calme et les yeux toujours

éblouis et toujours brillants de tendresse et de
tristesse sans amertume et votre poitrine se plisse
d'espoir et votre esprit s'obstrue de larges rêves
et de larges ailes et vous frémissez et vous pensez :
continuez : le mastodonte est avec vous. »

Sa queue monta et zigzagua, en une bénédiction
ondoyante : on eût dit le bras de Catulle Mendès
alors que, en des banquets symbolistes, il impose
aux jeunes hommes une protection compromet-
tante.

Puis, après un salut constitutionnel, il partit et
laissa les Rosny étiqueter des néologismes et souffler et s'essouffler et vaticiner, monotones.

Décembre 1895.

J.-H. Rosny jeune.

LA MER PLEURE VERS RICHEPIN

A Victor Barrucand.

LA MER PLEURE VERS RICHEPIN

La mer pleure vers Richepin :
La mer pleure en mineur (ma sœur
A pas encor dix ans). C'est l'heure
Où, sur le chemin de demain,
Ne cheminent que des gamines
Et des douleurs et des rancœurs
Et des rancunes et des pleurs
Qui s'en vont pêcher la sardine
Aux mers de lointain, de chagrin.
La mer pleure vers Richepin.
La mer gronde et boude : la sonde
Ne sait plus son fond, son fond sombre
Et ses bancs où s'abandonnent les matelots.
Et c'est des frissons qui frissonnent parmi l'eau
Et des âmes qui s'amènent et qui se pâment
Et des colères qui se salèrent dans les lames,
Des colères qui se salèrent dans les mers,
Et des oiseaux — par tourbillons — qui sont amers.
Jean Richepin s'en est allé voir Georges Berr...

La mer pleure vers Richepin.
C'est des hoquets et c'est des vagues qui sont lasses,
C'est des Ave, c'est des Jésus, c'est des hélas!
La mer s'en va, la mer se meurt : ça, c'est certain!
La mer pleure vers Richepin :
« Mon pauv'tit gas, mon bon p'tit fieu, quèq't'es d'venu?
Un gros monsieur qui m'connaît pus, que j'connais pus!
Quèqu'tu v'nais donc fair'parmi moi
Pendant des quarts, pendant des mois?
Le long des phares, sans efforts,
Trouver des métaphores,
Trouver des rimes
Parmi les morts et les solstices que nous vîmes,
Ou, longuement, laisser traîner sur l'eau blémie
Ta secrète anémie?
J'croyais t'avoir et te r'tenir sous les étoiles,
Rêveur et sans écrire, en ton hamac de toile
Que tissèrent, en pleurs, des veuves de marins!... »
Jean Richepin s'fait inviter par un souv'rain...
La mer pleure vers Richepin
Et les flots mouillent le rivage, âpre en sa rouille.

II

Vers Richepin pleurent les gueux!
Et c'est des gueux qu'a pas la trouille ;
Y pleur'nt c'pendant d'tous leurs pauv's yeux!
Y n'parlent pas, n'dis'nt rien du tout,
Mais y sanglot'nt et leurs sanglots, ça fait : « Hou, hou! »
Quelqu'un vers eux était venu, fort de leur force,

Et leur révolte et leur fierté cambrait son torse ;
Leur reproche brillait, lueur sombre, en ses yeux
Et leur voix, sourde et rauque et vibrante et profonde,
Jaillissant de sa gorge, éclaboussa le monde,
De leur haine et de leur mépris gifla les Dieux.
Et cet adolescent — venu d'où ? — de leur ventre
Creux, né comme ça, à cette fin d'être chantre,
Chanta pour eux et les chanta : « Je suis leur roi ! »
Cria-t-il agitant la pourpre de sa bouche
Vers les pantes qui tâchaient à frémir d'effroi,
Et les gueux frémissaient aussi — frisson farouche ! —
« Leur roi ! leur roi ! leur pair ! celui par qui leurs mains
Connaîtraient les combats, les victoires, demains
Qui sont rouges et or d'espoirs et lourds de proie,
Les demains de richesse et les demains de joie
Où l'on triomphe, où l'on a chaud, où l'on sourit,
Où l'on est bon, où le ciel est doux, où l'on mange,
Où, vers soi, s'en vient, les seins offerts, la hourri,
Courtisane d'un désir d'hier et qui est l'ange
Aussi qu'on vit pleurer vers ses haillons un soir
Qu'on regardait là-haut — sans prier — pour y voir
Le grand lit où l'on peut dormir sans fin son somme,
·Loin des agents, loin des prisons, loin des faims, comme
Un bourgeois, comme un Dieu ? » Tu parles, vieux :

                                     [ces chants
Étaient des chants de demoiselle, pas méchants,
Et c'était du chiqué : ce roi, comme un monarque
De droit divin, les avait plaqués, et, sa barque
Menée adroitement, yacht, oubliait les gueux.
Et les pauvres gueux trompés, de leurs pauvres yeux
D'où la flamme s'enfuit des espérances mortes,

Les pauvres gueux, hâves, tremblants devant les portes
Closes, l'âme torve et l'œil torve, le cœur mou,
Vers Richepin insoucieux grognent : « Hou, hou! »
Et regrettent pourtant l'homme aux poumons d'attaque
Le gas solide qui les dit, puis qui les saque.
Et de leurs corps ivres de rage, ivres de faim,
Les gueux pleurent vers Richepin.....

III

Une chambre où frisonne un frisson de verveine,
Un parfum de déveine aussi, des fleurs, des pleurs,
Et c'est l'âme apaisée — enfin ! — de Paul Verlaine...
Titillante candeur des draps et les langueurs
Où se complaît l'âme des chambres veuves,
Du nu, de la misère et les tristesses neuves,
Les émotions de partout, de nulle part,
Qui s'en viennent et qui commentent le départ
Et — lointains — les chœurs d'anges qu'on entend à peine
Mais qu'on entend, et les Portia, les Chimènes,
Les âmes des vierges et leurs voiles de deuil
Et le deuil de la nuit et les plis du linceul
Qui sont courbes de nymphes et voûtes de temples
Et sourires de satyres aux hanches amples...
Et l'âme s'alanguit du poète défunt,
L'âme pleure vers Richepin :
« Poète mort, de naguère et des naguères
Dont nous ne nous souvenons guères,
Pourquoi t'attarder dans la vie
Et dans des proses sans cadence

Et dans des vers sans rythme et sans démence
Ah! malheureux! envie
Ceux qui s'en sont allés, mollement, vers les ciels
De rêverie et sans brusquerie et sans fiel! »
Mais Richepin n'a pas entendu cette plainte,
Et sans se soucier d'étreinte, de complainte,
De songe, il est allé — parce que ça l'amuse —
Visiter (c'est à lui que crie, âpre, la Muse
Dès qu'il écrit un vers : « Holà! »)
Le poète Paul Vérola,
Et la prose peut pleurer vers lui, item son âme
Des vingt ans, vous aussi, moi aussi et la gamme
De toutes ses fiertés, le théâtre et la foi,
Et les Dieux le baisant au front « pour se distraire ».
Jean Richepin ne pleure point et se tient coi :
« Fait-il pas mieux que de se taire?... »

Janvier 1896.

Paul Verlaine.

16

M. GEORGES D'ESPARBÈS

ET LA COLONNE

Thadée Natanson.

M. GEORGES D'ESPARBÈS

ET LA COLONNE

Un élan — et l'envol dans l'air de la chanson d'Esterhazy et des Chamborans, de Lauzun et de Lassalle, et l'envol dans l'air des cœurs des Chamborans, de Lassalle, de Biron et d'Esterhazy, et le subit éploi de crinières vierges de casques et d'étendards tentaculaires et le galop de chabraques, de polaques, de sabretaches, de nattes de hussards, de lattes de dragons, de rates de tambours et des égrènements de fanfares et des halètements d'âmes de soldats, d'âmes d'enfants, d'âmes de

femmes, d'âmes de vieux chevaux, de fleuves et
de fleurs et un essorement d'héroïsme, de tendresse, d'inquiétude, de poésie, — M. Georges
d'Esparbès fut devant la colonne. Et, pour
parler franc, ce fut un petit voyage à travers la
place Vendôme vide de souverains exotiques, de
marmitons et de domestiques, ce fut un petit
voyage à travers la place Vendôme si vide que
M. de Broglie lui-même n'y passait plus ; et, tranquille, un peu essoufflé, M. d'Esparbès s'arrêta à
trois pas de la grille et médita. La nuit était tombée et, dans le soir, la colonne paraissait blonde.
C'étaient des tons discrets et de jolies boursou-
flures, c'étaient des lueurs et des luisances, des
reflets et le relief estampé des uniformes ennemis
et des bonnets de gloire. C'était un infini serpen-
tement de victoires, de dévouement et de force :
on eût dit, dans le vert du bronze, je ne sais quel
lierre de féerie, d'au delà, de passé, un lierre
vivant et ému, — et c'étaient des armées et c'était
l'armée, fatale et sinueuse. Ça montait, ça montait
dans la ténèbre, ça montait parmi la nuit comme
tendue pour voir et pour entendre et, tout à coup,
après ce fourmillement de cohortes, de ce grouillement, de cette troupe ciselée et massive, jaillissait, tout en haut dans le ciel et plus haut que le
ciel, massif et ciselé et vert et bleu aussi d'un sourire du ciel et jaune aussi d'un respect de la lune,
et pâle, de l'éternité suspendue sur elle et frémis-

sante en lui, l'Homme qui alla et qui fit aller ces
hommes, qui les conduisit vers la mort et qui leur
donna toute la volupté,
toute la douleur, la terre
et le ciel !...

M. d'Esparbès se rai-
dit sur ses talons, recula,
mit sa main sur la flamme
de ses yeux, rabattit sa
main sur l'orgueil de sa
canne, essaya plusieurs
froncements de sourcils
et plusieurs froncements
de nez, rajusta son bouton
de plastron et son gilet

Georges d'Esparbès.

de flanelle, tâta en sa poche ses dix-sept effigies
de Napoléon, ouvrit la bouche et ne se trouva pas
satisfait. Il leva son camp, sonna son boute-selle
intime, tourna, retourna, se retâta, tapa sur sa
canne, chercha des poses, se campa, — et ça n'y
fut pas encore.

*Il ne pouvait apercevoir la face de l'Empe-
reur.*

Ah! apercevoir cette face et la contempler et
s'assurer que l'Empereur le regardait !.., Oui, le
regardait.

Le regard de l'Empereur ! de l'amour et de la
reconnaissance et du regret, le regret de n'avoir
pas eu son chantre pour aide de camp, pour ami,

qui sait? pour rival! Mais l'Empereur restait très
haut, très haut, et son regard se perdait dans les
nuages. Alors, comme M. d'Esparbès, par de petits
bonds, cherchait le regard de Napoléon, il lui sembla
voir briller dans l'obscurité des lettres de flamme
qui étaient de son écriture à lui, à lui, Georges
d'Esparbès : A Monsieur Joseph Reinach, son
admirateur, G. d'Esparbès.

Ah! ah! galops de dragons et galops de cuirassiers, ah ! ah ! larges frissons de drapeaux dans le
frisson du soleil, et vous, morts de Rivoli, et vous,
morts de Waterloo, vous dont les cadavres som-
meillent en la vieille terre d'Italie ou dont les
cadavres se raidissent sous la raideur glacée des
steppes de Russie, soldats d'Égypte ou d'Espagne,
prisonniers de Baylen ou de Bautzen, vous ne vous
élanciez plus, lanciers ou vélites, parmi la place
Vendôme et vous ne paradiez plus devant le chasseur à cheval qui, virtuel et vertueux, apparaissait
auprès de M. d'Esparbès! Et M. d'Esparbès souf-
frit un peu de sa dédicace. Il ne cherchait plus la
flamme des yeux de l'Empereur, il rôdait autour
de la colonne, dédaigneux, les épaules lourdes,
les cheveux lourds, et il se sentait malheureux.
Des pas, des pas, des souvenirs, des souvenirs
de fautes et d'erreurs, de croix de la Légion d'Honneur distribuées à Lodi cinq ou six ans trop tôt,
de *kilos* de poudre en avance sur le système
métrique, découverte pendant la Guerre de sept

ans et des hésitations de critique historique et une
documentation lyrique un peu insuffisante. Mais
il tâcha à se rasséréner et gémit vers la colonne :
« Je suis un pauvre homme, dit-il. J'ai dit que je
vivais avec douze sous par jour et c'est vrai. J'ai
pour camarades d'école des conducteurs de tramways et des employés de banque et je leur serre la
main. J'ai été caporal de chasseurs à pied et je
suis humble, très humble. Or je suis venu vers
toi, héros qui dors en haut de cette colonne, et je
suis venu vers vous, héros, qui dormez en valsant
autour de la colonne et je vous ai tirés de la nuit
et je vous ai installés parmi tous les esprits de
mon époque : par moi vous avez hanté les rêves,
troublé la sérénité des jours et vous avez habillé
de gloire les minutes les plus grises de l'existence
des hommes. »

Il lui sembla que la colonne devenait joyeuse.
« Oui, continua-t-il, je sais : d'autres avant moi
avaient parlé de vous, Casimir Delavigne, Hugo,
Heine, Rodolphe Salis, Caran d'Ache et Melchior
de Vogüé, mais ça n'était pas la même chose.
Moi, je vous ai pris par la main et je vous ai
lâchés par la ville et par l'éternité. Et je n'en suis
pas plus fier pour ça. Celui qui chanta le Petit
Épicier m'a appelé d'Esparbès-des-batailles, et
Léon Daudet m'a, un moment, préféré à Shakspeare, rapport à un tambour-major en or, eh
bien ! je suis triste et je me sens seul et je me

déteste si je n'entends pas tout de suite votre parole fraternelle. »

Il se tut pour mieux entendre et se convulsa, les yeux révulsés.

Le ciel était très pur et très large, un ciel d'idylle et d'apothéose. Lente, la lune errait comme par une nuit de bivouac.

Personne ne passait d'un pas pressé, d'un pas peu militaire. Et, dans le lointain, des masses qui sonnaient sur le pavé faisaient songer à des prolonges d'artillerie. C'était une belle nuit, une nuit vide qui se pouvait parer du sourire de la Pompadour et des cheveux de Jeanne d'Arc, c'était une nuit calme qui se pouvait aiguiser de fièvres de guerriers et de fièvres d'amants, c'était une nuit silencieuse où pouvaient glisser des baisers, une nuit sans odeur où des roses de 1760 et des roses ne 1829 pouvaient s'épanouir et s'évanouir, capricieuses. C'était une nuit un peu molle où l'on pouvait imaginer des soupirs et des rires de Funn et où des âmes, les âmes les plus ténues et les plus inattendues ne pouvaient jouer vers les cieux. Nuit si claire, nuit si vide que les fleurs du Midi y pouvaient croître et des oliviers et des chansons de là-bas, nuit si vide, nuit si claire que toutes les bravoures et toutes les vertus s'y pouvaient promener en liberté et que les plus sublimes libertés s'y pouvaient guinder, vertueuses. Et M. d'Esparbès aima tout à fait cette nuit. Il la vit

propice à des défilés et à des charges de cavalerie.
Et il vit qu'il pouvait la gonfler de ses hallucinations faciles, de sa folie alcooliquement épique,
du grouillenent incohérent de casques et de pana-
ches, des masses sombres et un peu molles, des
brutalités de couleurs qui sont son esthétique, sa
science et son éthique. Et son cœur cependant
était un peu brouillé, un peu trouble parce qu'il
sentait, d'une sensation profonde, que Napoléon
ne devait pas aimer son œuvre. Il eut conscience
de la prodigieuse lucidité de l'Empereur et de sa
lente promenade parmi le monde et parmi les
variations du sublime et de l'humanité. Il n'eut
pas honte pourtant du travestissement qu'il imposa
au mathématicien d'Arcole et à ses aides : il ne
tàchait pas à se repentir et à réfléchir : tout entier,
il se préparait à un spectacle.

La place Vendôme était toute prête à des céré-
monies militaires. Tendue toute et comme angoissée par l'arrêt de masses d'armes, elle béait —
et des états-majors pouvaient aller et balancer leurs
aiguillettes, leurs cordons et les souples dragonnes
de leurs épées, et des houzards pouvaient y faire
danser la flamme de leurs bonnets et les vaines
manches de leurs manteaux et leurs lourdes
tresses. Et les crinières des casques de cuirassiers
s'y pouvaient épandre, fatidiques. C'était pour
bientôt, car M. d'Esparbès se sentait des remords.
Oui, c'étaient presque de bonnes résolutions, de

reprendre son œuvre, de ne plus admirer
M. Joseph Reinach, qui sait? de ne plus écrire.
Ah! ça ne pouvait pas durer. Et le poète épique
en vingt contes fit signe à ses escadrons et les là
cha dans la nuit.

Ah! ce fut beau. Ce n'étaient pas les soldats
de Raffet et ce n'étaient pas les soldats de Caran
d'Ache et ce n'étaient pas les soldats de Gautier.
Lourds, ventres de plomb sur des chevaux de
plomb et des bottes de théâtre, et des sabres de
théâtre et des âmes de théâtre, yeux fardés et
mâchoires de musée Grévin et éperons de musée
de Cluny, ils allaient en des à peu près de galops
et en des trots de cirques suburbains et c'étaient
de faux clowns anglais qui étaient les lanciers de
Pologne et c'étaient des échassiers landais qui
étaient les voltigeurs saxons. Il ne manquait que
des singes et des chiens savants, il ne manquait
que le bouclier de Don Quichotte, d'un Don Quichotte qui aurait été en même temps son Sancho,
et il ne manquait qu'une roulotte et de la musique
américaine et des lévites de David et des vélites
de Duroc. Ça allait cahin-caha, uniformes trop
vieux ou trop neufs, figurants trop roublards ou
trop mal dressés, avec des héroïsmes trop truqués
et des naïvetés trop frustes. Mais M. d'Esparbès
était tout à fait pris : c'était bien l'Empire qu'il
voyait et son cortège et son âme, tout l'Empire et
ses dorures et son sang, il voyait dans les yeux de

ces fantoches tous les champs de bataille, leur
effroi et leur splendeur, il voyait les rêves enfuis,
l'infini et toute la gloire de l'Homme. Il se dressa,
en une hallucination et regarda passer *ses* troupes.
Il se grisa de leurs fanfares, se haussa encore sur
d'imaginaires étriers et fixa la statue de l'Empereur. *ALORS*...

il lui sembla que l'Empereur le regardait.

Ch...! fit, auprès de M. d'Esparbès, aux troupes
en marche le petit Dieu Funn... Et les troupes
firent silence et le regard tomba, plus droit, sur
M. d'Esparbès. La place Vendôme et l'univers
attendaient, en un recueillement.

Pourtant l'Empereur ne parlait pas encore. Des
ombres venaient auprès de lui, légères, en pana-
ches flous. C'était Suchet, c'était Bernadotte, Au-
gereau, Lassalle, Lannes, Davoust, c'était Ney,
c'était Moncey, c'était Berthier, c'était Junot,
c'était Duroc. Des sabres glissaient : c'était Murat,
c'était Victor, c'était le falot Poniatowski, c'était
Marmont, La Bédoyère, Mouton — et c'était Cambronne, Cambronne en effet, Cambronne qui se
penchait vers l'oreille de l'Empereur, très à l'aise,
un peu ironique.

... Et M. d'Esparbès entendit l'Empereur parler,
parler peu et parler bien et jeter un seul mot, le
mot que Cambronne ne prononça pas à Waterloo,

qu'il conserva entre sa gorge et ses dents jalousement, avarement, héroïquement, à cette fin de
le pouvoir prêter à l'Empereur à l'adresse et en
l'honneur de l'infortuné M. d'Esparbès, homme
d'épopée et officier d'Académie.

Janvier 1896.

L'ŒILLET DE M. DE MONTESQUIOU

L'ŒILLET DE M. DE MONTESQUIOU

La feuille du japon impérial sur laquelle il allait écrire avait reposé, s'était fécondée entre deux pages d'un manuscrit de Marceline Desbordes-Valmore, et sa plume avait veillé en une bonbonnière (donnée par Robert de Bonnières) où s'étaient joués jadis à la Malmaison les doigts et les bagues et les lèvres peut-être de l'impératrice Joséphine. Et c'était toujours l'encrier timbré à ses armes. M. de Montesquiou permit son être à l'inspiration :

> « Ave, Cæsar : morituri
> Te salutant ! » Mort ? Ituri !
> Oh ! Ris ! Tu ris ? mon Ituri ?
> Ris-tu ? Tu ris ? Monituri,
> Triturant des enterrements,
> Des détritus, c'est des serments
> Et des sarments si funéraires,
> Et de si sarmates sarments,
> Et des aromates charmants

17

(Mais c'est l'odeur du vulnéraire),
Des aromates acrobates,
Croates et de quels Carpathes?
Car patibulaire et cruel
Entre Creil, Laon et les Échelles
Du Levant j'aperçois Curel !
Ezéchiel, Ariel, Brummel!
Mélanchton, Alecton, Platon !
Onuphrius, Ion, Pindare !
Pour aller vers vous quelle gare
Et quel cigare trouve-t-on,
Ton ton, ton ton, tontaine, tonton?
Et de quel ton parmi Mégare,
Ecbatane, Elseneur, Boston,
Vous appelle-t-on « mon beau blond » ?
Césars, artistes, étalons,
Je vous salue en vos salons,
Emmi mes semis, mes amis!
Je vous aime, alme, et je gemis! »

Il s'arrêta un moment et effeuilla une méditation où il ne se trouvait pas ridicule et où l'allité-
ration lui apparaissait, en sa gloire et avec sa
chaîne d'or : lien, elle unissait toutes les pensées,
toutes les images, toutes les contrées et tous les
néants. Mais des vers lui venaient et il les nota.

Le rhizome bulbeux du glaïeul germanique,
Du glaïeul bleu s'endort sous des ors de portiques,
Sous du ciel, sous du fiel d'Ariels asthmatiques:
Les temps furent de Paul Margueritte et d'Hennique

Il allait continuer :

O glaïeul, épagneul des glorieux linceuls !

mais il n'osa et s'embêta, s'arrêta sur l'Oeta. Des
vers encore ? Non. De la volupté. Des fleurs en de
longs cols de verre, de
verre ? ou de rêve ? et de
rêve ici roussi par des
flammes de lunes, et doré
par des cheveux de sirè-
nes, et violacé d'un souf-
flet de violettes, et mauve
d'un émoi d'étoiles et gris
de la cendre d'un bûcher
de sainte et rougi du sang
d'un poète, en de longs
cols de vases de Gallé,
donc et d'Émile Gallé,
des fleurs s'attardaient et
se penchaient, et, parmi
des fleurs de rêves et
des fleurs de verre, crois-
saient, — de rêves et de

Robert de Montesquiou.

verre — des fleurs ! Les regarder, les aspirer et
mourir ! Mais le papier impérial du Japon attendait ses macules. Et, héroïque, pour trouver une
rime, très simplement, M. de Montesquiou voulut
s'en venir à son Larousse. Mais, en se levant,

A Frédéric Amouretti.

UNE HEURE DE LA VIE DE M. LEDRAIN

———

M. Ledrain a un des plus remarquables talents que je connaisse : celui de donner à tout ce qu'il touche une odeur et une saveur de moisi et de moisi rance ; depuis qu'il s'est attaqué à l'interview, l'interview s'est abîmée dans le pire gouffre de l'Assyrie pour n'en plus sortir. Et (mon Dieu, qu'il est pénible de parler, à propos de M. Ledrain, de choses graves, de choses intéressantes !) nous ne la regrettons pas trop. Pourquoi un reporter ? Ce sont contingences qui, s'imposant à notre MOI, le dépriment, le faussent, le souillent. Et notre âme devient une succursale de l'âme douteuse du reporter, un antre de vulgarité avec de la fièvre et des rancunes et de la lassitude en sus. L'important est, en cette matière, de converser avec des gens qui ont plus d'orthographe que nous. Allons les chercher parmi l'espace et parmi les siècles :

que ce soient dialogues souriants et ornés, du Fénelon, du Fontenelle, et ce seront les véritables pensées, les pensées profondes et intimes de nos contemporains. Qu'ils protestent, qu'ils s'étonnent, nos contemporains : leur étonnement prouverait un obscurcissement, un amoindrissement de leur personnalité. Et voilà que M. Ledrain jouira de ce préambule, comme il jouit de bien des choses, comme il jouit, non sans morgue, de la plus laborieuse et de la plus remuante obscurité de notre époque.

I

Le monstre sortit des temps et marcha vers le monstre. Il le trouva lourdement accroupi sur des textes, féroce. Et ces textes étaient divers...

Eugène Ledrain.

II

Mais je me demande pourquoi, à propos de M. Ledrain, je vais déranger des temps et des monstres. Il n'en est pas besoin. M. Ledrain est un gros homme qui se hausse jusqu'à l'exégèse et

à la chronique. Entre ces deux occupations et
sans doute pour tâcher à se prouver qu'il est tout
de même moins sot qu'il le croit, il se courbe vers
des vers d'enfants et des romans de dames. Il ne
dort pas dessus, il les lit d'un bout à l'autre, la
face épanouie en murmurant : « Non, il est impossible que, moi-même, je fasse plus bête. » Pourquoi voulez-vous qu'il se trompe? La vérité est
que, de ses lectures, il sort, la tête haute et les
moustaches agressives. Et cet homme est humble,
très humble. Vous souriez lorsque, farouche, il
s'agite contre tel homme de talent et contre tel
homme de génie, lorsqu'il grince et qu'il pontifie?
Il est humble, je vous le dis, très humble. Il sait
qu'il ne sait rien et que ses cours d'assyriologie
ne valent que par leur insuffisance et leurs
contre-sens et que son érudition ne convainc que
de vieilles dames férues de science sur le tard et
que sa fantaisie n'amuse que les fantaisistes — et
il continue. Eh oui! un ton tranchant, eh oui! des
formules et un dogmatisme de sacristain, mais
c'est qu'il est « lecteur » et qu'il lit des choses
plus humbles que lui. Et il a une âme de raté, la
pire âme de raté qui soit, hargneuse, boursouflée,
débordante de fiel gras, une âme d'incompréhension et papillotante, une âme qui erre parmi des
stèles et parmi des romans mondains, une âme
qui cherche sans cesse sa voie et sa place et qui
erre et qui erre et qui a des sourires courtisans et

qui de ci, de là, tousse et bave. Non, pour les
beaux yeux de M. Ledrain et pour son binocle,
je ne dérangerai pas de monstre. Que pourrait
faire le monstre? Renifler en l'apercevant ou s'enfuir? Vraiment, ce serait beaucoup pour M. Ledrain. Laissons-le à ses lecteurs et à son modeste
cercle d'admirateurs. Il est — et peut-être n'est-ce
pas sa faute — peu encombrant. Il demeure loin du
soleil en une cage du Louvre ou en une cave
d'éditeur. Il a permis à des humoristes des plaisanteries agréables, il ne mord pas et est honnête
homme. Il est un critère et un terme de comparaison avantageux : c'est un repoussoir tout indi-
qué pour un chacun, que ce soit M. Philippe
Berger, M. Fouquier, M. d'Annunzio ou M. Jules
Case; il est joyeux, il est tout rond, il fait songer
au chanoine Docre avec une moustache de briga-
dier du train des équipages, il est quelque chose
comme la nourrice de M. Marcel Prévost, et (ah!
je vais lui donner la folie des grandeurs!) je crois
bien qu'il est la rançon d'Ernest Renan.

Juin 1895.

LE CONCILE

A Enrique Gomez Carrillo.

LE CONCILE

Une sorte de café, n'est-ce pas? puisque ce sont des apparences de littérateurs. Et si vous boudez, ce sera une brasserie. Des tables d'ici, des tableaux de là-bas, des soucoupes d'ailleurs et des ivresses de partout. Ça ne ressemble pourtant ni au Chat-Noir, ni au Voltaire, ni au Vachette, ni à la Côte-d'Or, c'est un lieu idéal qui a poussé comme ça, tout d'un coup, et c'est bien le lieu idéal : si iniques, les consommations, si cyniques et si fatidiques, les garçons ! Tranchons le mot :

Stéphane Mallarmé.

c'est une *entité philosophique de cabaret* et c'est à

la dignité de l'entité plus qu'à la mélancolie des
pipes qu'est due cette buée qui serpente et qui
adoucit la réalité ou l'irréalité des êtres et du site.
Des gens déjà se courbent vers des boissons, rési-
gnés. Ils ne boivent pas — car il faut faire durer le
martyre et ils ne parlent pas — et ils ne s'ennuient
pas. Les mots sont très loin qui s'amusent en route
et qui jonglent avec les idées, ou peut-être ce sont
les idées qui jonglent avec les mots, et ils viendront
tout à l'heure sans se presser, tout doucement, un
peu émoussés, un peu éraillés — et ils apparaîtront
plus profonds, plus aigus et meilleurs. Le silence
s'obstine. Et qu'est-ce que ces gens-là ? On ne les
connaît pas, on ne les a jamais vus. Sourds-muets ?
Non, s'ils étaient muets ou sourds, on les connaî-
trait, on leur permettrait de la gloire et du génie.
Mais ils n'ont pas de génie et ils sont là seulement
pour dire des choses raisonnables — ah ! ils feraient
aussi bien de n'être pas là ! Et ils deviennent tristes.
Et soudain, des lèvres de l'un — pourquoi voulez-
vous que ce soit le premier ? — une plainte s'aventure.

Leconte de Lisle.

A Romain Coolus.

CHANSON POUR LES SOIRS D'HIVER
OU IL NE FAIT PAS ASSEZ FROID

Des angelots avec des engelures
Et les tours de Notre-Dame qu'on n'aperçoit pas
(En outre), tout ça fait des pas
Et faut s'occuper de littérature!
Des femmes passent, qu'il faudrait
(En êtes-vous sûre?)
Conduire vers les Cythères de feu Voiture...
Mais ce seraient des frais de voiture
Et où trouver quelque lit frais?...
Et les Watteau se sont couchés dans les boutiques,
Et dans les Musées
Où nos Muses se seraient usées,
L'âme amène s'amène, Oenone! de Vogüé!...
— Un cabaret où l'on boirait le Saint-Viatique!
Ou mourir! — mais il ne pleut point!
Ou rêver! — mais ça me plaît moins!
Et la lune qui là-haut (pas si haut) s'embête!
La nuit,
Ça nuit
Aux amours de tête!

Ç'a été murmuré, grommelé, gémi de cette voix
dolente, timide, un peu rauque, voilée d'une voi-
lette de violettes, fluette comme une goëlette qui
est la voix de combat des symbolistes et des
poètes qui, depuis quinze ans, se proclament les

plus récents poètes. C'est de cette voix que furent
« lancés » les plus indéfinissables défis — et les vers
frôlaient les cheveux pour les faire trembler et
haletaient pour montrer que la terre était trop
étroite pour eux. Et les jeunes gens se rappellent
des récitations notoires. Ils doivent pourtant
donner leur avis sur la pièce de leur camarade.
Le plus blond se dévoue. « Oh ! fait-il, une douceur, une hauteur et des méditations parmi les
becs de gaz ! C'est toute la vie qui frémit là et tout
l'amour, toute la douleur. Et c'est de la sensualité
et c'est de l'esthétique et c'est le sentiment de
l'infini, des infinis les plus sublimes et des plus
infimes infinis. Et l'âme qui grelotte et qui grelotte de ne pas grelotter suffisamment pour être
toute à son grelottement ! Et des petits bouts de
pensées qui battent de l'aile, qui sortent un peu de
la blancheur de leur aile parmi les néants les plus
modestes. Sont-ce même des petits bouts de pensées ? N'est-ce pas mieux ? Des vagissements, des
regrets et des nostalgies de vagissements, et quelle
impression de timidité dans l'hébétude, dans le
dégoût, dans le songe, dans le doute, et dans la
croyance, dans l'ironie et dans l'irrespect ! Et c'est
le poème des demi-mesures.

Le poète reçoit ces éloges — mollement.

« Oui », acquiesce-t-il.

Et mollement, aussi, parce qu'il lui faut for-
muler une opinion, le plus brun répète : « Oui ».

Et il ajoute : « Et c'est idiot. Ça n'a pas même des
vagissements, c'est des hésitations de vomissements, pas même des chaos d'idées et pas même
une anémie cérébrale, oui, c'est un néant modeste
et un néant orné et il y a des allitérations méri-
toires, mais pourquoi encore? Pour dire que
M. de Vogüé est un confident de tragédie. Mais
où est la Phèdre de M. de Vogüé? Après tout, c'est
peut-être Dostoïewski. Mais nous lui devons de la
reconnaissance, à M. de Vogüé, puisqu'il inventa
le frisson jadis. S'il ne l'avait pas importé de
Russie, s'il ne lui avait pas fait accorder la natio-
nalité française, il nous faudrait l'inventer, le
frisson, et ça ne serait pas drôle. »

Le poète reçoit ces blâmes — mollement.

« Oui », acquiesce-t-il.

« Oui », répète le plus roux. Et il ajoute :
« Tous les deux, vous avez raison. Et c'est idiot.
Mais il y passe cependant la vie et la mort et
l'amour et tout. Et, si c'est idiot et si c'est subtil,
ce n'est pas la faute de l'auteur, c'est la faute de
l'époque, de notre éducation, des hommes qui sont
venus avant nous. Nous vivons tous sur ceci de
Verlaine :

> ... Cette eau du puits glacée,
> Bois-la, puis dors après...
> Ah! quand refleuriront les roses de septembre?

C'est admirable et c'est là, plus sincèrement

18

qu'ailleurs, toute l'existence, toute la terre et tout
l'au delà. Mais vraiment ce n'est pas beaucoup. Et
la vie, la mort, le ciel, on les trouve partout, — et
si merveilleusement exprimés ! Sensations, titilla-
tions, et de petites hypertrophies du cœur, sans
danger, d'une minute, c'est bazar à treize : il n'est
pas de poème, il n'est pas de monodie qui ne nous
les procure et toujours au rabais, en vingt vers ou
trois cents lignes ; d'ailleurs, tout nous les a toujours procurées, en 1830 et en 1860 et plus tôt... »

« Il nous rase ! » interrompt le plus doux.

« Oui », acquiesce le poète, mollement.

Et c'est, derechef, du silence. Là-bas, la musique — tiens ! c'est vrai, il y a un orchestre ! —
jette sur tristesse des jeunes gens de vieux motifs
du Pré-aux-Clercs et de la Muette de Portici, et les
jeunes gens les subissent et les écoutent sans dé-
plaisir parce qu'ils voudraient entendre du Wagner.
Et ils s'infligent l'âpreté de leurs bocks. Et c'est du
silence encore. Cinq minutes, dix minutes... Du
silence. Et des ombres et des doutes qui passent
en leur esprit. Soudain quelqu'un énonce : « Ah !
nous contemplons notre néant face à face ! »

« Non, répond un autre, nous ne sommes pas
en nombre. » Et c'est le silence : ils attendent.

Ils n'attendent pas longtemps d'ailleurs.

I

Car voici de la vie et voici de la lumière et voici
des paroles qui entrent, qui font claquer la porte,
qui font trembler les bougies et les chaises. Lourds,
décemment lourds, chantres que leurs ailes de
géants empêchent de marcher — et de grandir,
mâche-lauriers altérés et affamés par les lauriers
qu'ils ont mâchés, la bouche tordue et lassée par
les trompettes héroïques qu'ils ont embouchées,
ce sont des êtres qu'on connaît et des cravates
notoires. Des cheveux peut-être, des yeux — qui
sait? — et du tumulte. Ils trouvent des tables, ils
trouvent des boissons, ils trouvent des saluts —
que ne trouvent-ils pas?...

A Charles Maurras.

« Orphéanne et mignarde et fuyarde Eurydice,
Le parchemin verri dit en vain ta géhenne :
Vague, sous le ciel vagabond, tu devins reine
Et tu t'en vins avec la reine Bérénice.
Parmi la gentiane et l'amer genouillet,
Et la mauve velue
Que de ses pleurs Phébé blonde mouillait,
Secrète et biscornue,
Tardives, vos séré's, passèrent, otieuses.
Et vos doigts cerclés d'émeraudes précieuses;

Vertes naïvement comme les bois moussus,
Aux étoiles contaient des sortilèges sus
Et se levaient, très lents, vers la lune très lente...
Ton doucelet tintin, rossignol passager,
Ton cri triste, crapaud, et la chanson que chante
Le faune ombreux et bocager,
Tout fut silencieux à votre pur silence.
L'hierre, ambitieux, croissait en vos cheveux.
Et ce furent des ifs cyrnéans, malheureux,
Des faucons tartarins, des vœux et leur démence.
Vous alliez : les halliers se liaient à vos pieds ;
Les pièges envieux..... »

Il n'y a pas d'erreur : c'est de la poésie romane. D'ailleurs les faces même des gens sont romanes... ou roumaines, et les vers s'épandent toujours, gaufrés et sourds. D'où sortent-ils? De la poussière des siècles sans doute et des radieuses margelles de tombeaux effrités : car ils sont la vérité et la tradition. Et ils deviennent de plus en plus lents, de plus en plus lointains, plus légèrement estompés, et ce sont des fuites soudaines de voix et des langueurs et des ombres : c'est un charme et c'est archaïque comme du Gérard de Nerval ou comme le Gautier d'*Emaux et Camées :*

. . . . et l'orphéanne fée
Par l'herbe molle cherchait son féal Orphée,
Et son baiser t'allait cherchant, baiser épars.....

Vraiment, les limbes se sont entr'ouverts : d'eux

et de leur douceur et de leur timidité filtre un rais
de clarté, de clarté tremblotante et chevrotante qui
est la légende et qui est le ton dont elle nous
étonne : des fuites toujours et des flûtes et du
passé et du ciel et de la grâce, mais ne sera-ce
jamais fini?

. . . . le mystère
Où nous tenons notre paresse caignardière. »

Ça s'est déroulé, ça s'est apaisé, c'est mort très
gentiment, très sagement, très savamment. Et ça
ne résonne même plus : l'écho s'est tu et le halo
s'est dissipé. Et les auditeurs sont devenus des
juges. Juge surtout, le Chef, le Maître et son
monocle se fait âpre. Pourtant son opinion est
bienveillante et vague : ce sont des aphorismes.
« Ce qu'il y a de plus beau dans la languè francèsè,
cè sont les è mouèts. Et dans votrè poémè, est la
noblè et doucè beauté des è mouets et leur nombrè.
Et il y a d'autres choses — en outre. Oui, jeune
homme, vous êtes... je ne dirai pas un poète...
mais un des trois ou quatre meilleurs écrivains en
vers que je connaisse. Vous avez du goût... vous
comprénez ma poésie, vous comprénez, mais vous
comprénez autre chose et vous comprénez trop dé
chosés. »

Il y a là une trentaine de poètes : ils ont tous,
tour à tour, entendu et approuvé le même éloge :
ils continuent. Ce sont des cheveux qui se pen-

chent et des moustaches qui frémissent, fraternelles. Mais le porte-lyre sourit (il est vraiment
jeune) et déclare : « Eh bien ! toute ma pièce est
faite d'adjectifs empruntés aux « *Épithètes fran-
çaises de Maurice de la Porte, Parisien*, livre
publié avec privilège du Roi, chez Gabriel Buon
en 1571. C'est un travail facile. » Les moustaches
deviennent indifférentes, l'orchestre qui jouait —
que jouait-il ? — s'arrête : on se sent l'âme par-
nassienne.

II

Et le monocle du maître s'arque et s'affirme. Et

Jean Moréas.

le Maître parle : « Ça se
voit, dit-il. Et encore que
ce ne soit pas un travail
à la portée d'un chacun,.
puisque ce livre est rare,
votre poème n'est pas un
poème roman. C'est — et
très bassement — verlai-
nien. La Renaissance ne
connaissait qu'une seule
Bérénice, la crineuse
et ptolémaïde Bérénice,
fille d'Arsinoé qui déroba
aux baisers de son époux

Ptolémée Évergète ses cheveux broussus, houppelus, errants, ondoyants, tortus et merveilleux et les appendit, offrande molle et frémissante, au temple de Vénus. Et comme Ptolémée Évergète, son frère et son époux, regrettait ces touffes tièdes et caresseuses, les Dieux ravirent au ciel et muèrent en sept étoiles la Perruque de Bérénice. Votre Égyptienne n'est pas celle-là. C'est la Bérénice qui eût été la Bérénice du moyen âge et de ses chansons de geste et de ses cantilènes si Racine avait été Virgile. Mais Virgile ne chanta pas Bérénice et votre Bérénice emprunte à Jean Racine un bouquet d'améthyste et vous revient, lente, parmi des phrases de Barrès et des phrases que vous inventez, lointaines, de chansons populaires qui ne seront pas. Et la légende n'est pas désagréable, n'est pas méprisable. Je l'imagine fort bien promenant sa mélancolie parmi le monde, et Eurydice aussi, je l'imagine survivant et j'imagine ces deux tristesses et ce même silence et ce songe même. Elles vont, reines de mystère et d'inquiétude et de sourire, et c'est un exode au milieu de portes pâles et de plantes frêles. Et c'est une élégie et c'est une épopée — et c'est un symbole... »

Les moustaches redeviennent fraternelles et le jeune homme se trouble. « Mais, continue M. Moréas, il ne suffit pas de se tourner, suppliant, vers les âmes de Du Bellay et de Ronsard pour entendre aussitôt chanter en son âme l'âme de Ronsard et l'âme de Joachim. Vous avez encore à compter avec des maîtres anciens. Il y a dans vos vers des coupes et des césures qui nous viennent de celui-ci ou de celui-là. Votre « sortilèges sus » ne répudie pas trop le « sortilège tu » de celui qui marbra le tombeau d'Edgar Poë, mais avec de la bonne volonté et de la volonté, vous arriverez tout comme un autre à la Minerve. »

Et le jeune homme, en se tâtant, trouve, catéchumène éperdu, la Foi qui a germé dans sa poitrine et qui fait une bosse, là, tout près, sous son mouchoir.

III

Il y a, dans toutes les tavernes, des coins où des araignées se retranchent, s'agitent et tissent sans imagination des toiles imaginaires : ces araignées sont les jeunes — les vrais. Ils se proclament poètes et métaphysiciens, découvrent des maladies nouvelles, commentent Simon le Magicien, traduisent en grec Plotin — et La Fontaine en français. En une soirée, ils boivent deux bocks et composent trois volumes. On ne les voit jamais écrire, mais on voit les bocks et on voit les volumes. Est-il utile de dire qu'on ne les lit jamais et que jamais les catalogues des bouquinistes, en les proposant à des prix infimes, ne les font suivre de cette mention : « Broché, *coupé* — très rare en cet état? »

Or ces jeunes, ce soir, sont tous là. Ils sont venus du Nord et du Midi, les maisons de nouveauté qui les détiennent comme vendeurs, les filles de brasserie qui les vénèrent comme propriétaires les ont lâchés vers la gloire. Et tous ils ont leur coin. (Combien y a-t-il donc de coins ici?) Et tandis que M. Moréas rêve et que rêvent pareillement ses lieutenants, ils se sont groupés à trois, à deux, et jalousement se confessent et se prêtent de l'ardeur et de la grandiloquence et des arcanes, à la petite semaine, ésotériquement. Et par eux Narcisse se mire au ruisseau de la rue du Bac.

Ah! Seigneur! votre royaume et mon Shakspeare relié en veau et la bourrique à Robespierre pour savoir ce qu'ils peuvent se dire! Ces mômes aux yeux frais, aux lèvres fraîches, aux cheveux indolents et si laborieusement indociles, ces mômes qui, hier encore, sommeillaient sur leur Cicéron, et dessinaient des trompettes dans les marges de leurs dictionnaires, ces mômes qui lisaient sans fin aux heures de classe, aux heures d'études, aux heures de récréation, le même tome des *Trois Mousquetaires*, ces mômes ont maintenant tout lu ; ils ont couché avec des momies ailleurs que dans le roman de Gautier, et ce n'est pas *Melœnis* qui leur révéla Commode et ce n'est pas Renan qui leur révéla Néron, ce n'est pas Alfred de

Vigny qui leur permit des familiarités avec Éloa :
ils ont recouru aux textes originaux et ils en ont
inventé, avec leurs accents et leurs lacunes lorsque besoin était ; et la Grèce a revécu par eux et
pour eux et ils ont approfondi le mystère de Ba-
bylone — et des figures se sont gravées aux stèles
les plus secrètes d'Assyrie et aux obélisques
d'Égypte qu'on ne retrouvera jamais, à cette fin, et
à cette fin seulement d'être déchiffrés par eux et
de leur apprendre la vie et la mort. Des nuages
nouveaux ont couru, ont glissé pour eux ; pour eux
des cheveux nouveaux poussèrent à Lilith et des
fleurs nouvelles s'épanouirent, s'évanouirent parmi
le front d'Ophélie, des lueurs imprévues passèrent
aux yeux de Médée et aux yeux d'Aphrodite, des
plis inédits froissèrent le voile de Tanit, des bêtes
adventices s'agitèrent devant saint Antoine — et
ces mômes n'en sont pas plus fiers pour ça. Ils
s'efforcent à être tristes. Tout bas, plus bas, plus
bas encore, ils parlent. Ah ! que peuvent-ils se
dire ? Quelles sont leurs communions et quels
sont les mystères que, languissamment, ils créent ?
De temps en temps, à vrai dire, leur voix s'élève
et quelques mots s'entendent : mais c'est une ma-
nœuvre, car ces mots racontent un fait divers ou
errent autour du chapeau qui, la veille, porta M. de
Montesquiou. Vous êtes trop malins, mes enfants ;
ça ne prend pas.

Tes cheveux qui tombent, tes cheveux qui

traînent, ne sais-je pas, Camille, où ils tombent, où ils ont traîné ; ne sais-je pas les eaux où ils ont flotté et les rêves qui enflent, sur ton front, cette mèche bouffie de somnolence, recroquevillée comme un chat devant un cauchemar et pauvre, pauvre comme un œil d'innocent? Et ton œil d'innocent, ton œil pauvre, ton œil qui semble choir vers le pli de ta bouche, ton œil qui s'arrondit, qui, lent, se fixe, sais-je pas les nymphes où il fréquente et la rouille des nuées, des nuées d'enfer où il se joue? Et ta bouche (ta bouche, bébé !) qui s'avance, qui hésite et qui se lamente, ne sais-je pas que sa lassitude est la lassitude des siècles et la lassitude des étoiles et la lassitude de ce monde, du monde d'ici et du monde d'en haut, et que quelque chose se cabre en toi et s'agite, et que c'est tout simplement le démon de Socrate et celui de Moïse et celui d'Eschyle aussi et celui de Gœthe itou ?

Et toi qui rêves et qui te tais et dont les yeux errent et dont la moustache doucement s'alanguit, sais-je pas quelle est ta langueur et que tes yeux sur des eaux d'Égypte, et sur des eaux d'Hellade et sur des eaux de Troie aussi, errent le long des barques qui glissent comme des baisers sur des hanches d'esclaves, qu'ils errent autour des styles de Callimaque et autour des sourires de Platon? Et ce sont des figues et des oliviers, et ce sont airs de flûte et des jeux de cithare et ce sont

plaintes de cèdre et ce sont des couronnes de
Dieux.

Et vous tous — pourquoi vous chanter en détail
et pourquoi confier aux cieux absents la rhytmique
de vos titres? — vous tous, je sais vos rêves et
votre pouls en vos élans vers la pierre noire de la
Mecque et ce sont phantasmes qui nous attendent,
périodiquement, en vos magazines épars. Et vous
n'êtes pas, comme on le pourrait croire, de gros
garçons — ou de braves garçons. Et encore que
vos pensées, comme par mégarde, laissent des
rides à vos fronts et les nuancent de leur légèreté
et de leur noblesse, je voudrais bien connaître vos
pensers et les entendre pour ne les confondre pas
avec ma mélancolie à moi et ma noblesse, si
légères, qui, vous savez, meurent en ma sou-
coupe.

Et M. Moréas évoque le spectre propice des
Reniements.

Tout le monde est là maintenant : les philosophes et les poètes et les mages sont venus guidés
par une étoile, par l'étoile du Chat noir, et personne ne se connaît : chacun s'isole en son rêve
et a su tracer autour de son rêve un cercle de
deux décimètres : on croirait, à les voir pencher
la tête, qu'ils se regardent cracher dans l'eau.

« Oh! les reniements! fait M. Moréas, c'est
semer dans le passé les petits morceaux racornis
et rongés de son âme, de sa mauvaise âme, et

c'est acquérir une âme nouvelle toute blanche,
toute pure, toute de beauté ! »

Les mages jouent un miracle à l'écarté et les
philosophes dissertent sur une plaisanterie du *Gil
Blas*. Et les poètes font des comptes. Et ce sont
des passe-temps qui ne durent pas. Vraiment on
a de la lourdeur à l'âme. Et les jeunes gens que
tout à l'heure — ah! vous ne vous rappelez pas!
— nous avons vus et entendus se taisent et prennent leur élan pour parler.

Et M. Moréas affirme : « Nous sommes », dit-
il.

Alors nos jeunes hommes, d'une voix stridente
qui éclabousse les lumières, d'une voix où tremblent toutes leurs désillusions et toutes leurs rancœurs, récitent le couplet des Barbares :

« *Nous sommes les Barbares*, disent-ils, en se
tenant par la main, *nous sommes les Barbares...* »

Une stupeur a couru. Et les têtes se sont levées.
Et des réflexions ont vagué. Et les têtes sont
retombées. Et le couplet a recouru. Et les têtes
se sont relevées. Et c'est un chœur maintenant,
un chœur résigné, un chœur navré et un *De Pro-
fundis* et un thrène païen que ces hommes traînent
sur eux. En mesure, en harmonie, ils répètent :

« Nous sommes les Barbares, disent-ils en se
tenant par la main, nous sommes les Barbares. »

IV

Il n'y a plus d'écoles, il n'y a plus de chapelles, il n'y a plus d'ennemis. Tous se sont unis, tous se sont serrés les uns contre les autres et c'est du même frisson qu'ils frissonnent, de la même souffrance qu'ils souffrent. Et ils se ressemblent et c'est la même esthétique et la même éthique — étiques — et la même langue. Et ils se laissent mourir. Une voix s'élève — qui est-ce?

« Nous sommes les Barbares, radote-t-elle et nous ne sommes pas les grands barbares blancs que l'on sait. Nous sommes de pauvres petits Barbares... »

Un répons scande la litanie : « Nous n'avons pas de talent », disent des gens, des Mazels et des Gourmonts.

« ... Et nous n'existons pas, continue la voix. Un temps fut qui fut notre temps et c'étaient les 1884 et les 1886. Oh! qui dira leur gloire et leur magnificence et leur flamme! Et qui dira leur âme? Oh! la vie qui s'élançait, qui jaillissait de partout et les essains épars d'aspirations — vers quels buts? Et il semblait que le monde, que le ciel s'étaient soudain élargis et s'étaient brisés en des brisures d'apothéose! Tout s'ouvrait, tout naissait; des couleurs, des rythmes, des mots tom-

baient — d'où? — sur nos pages et c'était La-
forgue qui se mourait et qui souriait et c'était
Villiers qui ricanait, c'était Barbey qui ne voulait
pas se lasser, c'était Tellier, c'était nous tous,
avec un autre feu dans les yeux. Et les légendes
d'alors et tout le vague, tout le grouillement de
chefs-d'œuvre que nous nous sentions au ventre
et quel ciel de douceur et propice ! Et nous lais-
sâmes, parmi des brasseries et des divans de
revues notre ardeur et notre jeunesse et notre
bonne foi. Et ce furent d'autres temps où nous
nous aperçûmes que nous n'étions plus, que nous
ne pouvions plus lutter (lutter contre qui? contre
nous). Nous avions jadis avec Huysmans et avec
celui qui, alors, se nommait Mooris Mæterlinck,
découvert Ruysbrock l'Admirable, mais, tout de
suite, Ruysbrock tomba dans le domaine commun et, à force de découvrir autre chose, nous
découvrîmes Méléagre, Aristénète et Novalis.
« Ah! Ah! Méléagre, prétendions-nous, vous ne
le connaissez pas! » Il se trouva qu'on les connaissait. Et nous fûmes contraints de découvrir
les auteurs les plus ignorés, Homère, Gœthe et
Racine : Huysmans allait lire Bossuet; vous, Moréas, vous alliez lire Montaigne — et Francis-Vielé-
Griffin allait apprendre par cœur Lamartine. Tel
ne demandait plus le caveau de Saint-Denis pour
Villiers qui, vivant, ne désira que le trône de
Grèce — et du pain. Tel autre rougissait d'ap-

prendre qu'il était supérieur comme critique d'art à Baudelaire, qu'il était plus poète que Wagner, qu'il était un Lohengrin blond ou un Jésus aux yeux bruns... Et les gens assistaient aux derniers sursauts et aux ultimes râles de ce que, pour lui donner un nom, ils appelaient l'art nouveau. Agonie qui s'obstinait, qui durait : la chose ne voulait pas mourir et ne voulait pas vivre. Avait-on jamais pu savoir si ses hésitations, ses arrêts, ses saccades, sa débilité diverse et ses convulsions étaient maux d'enfance on maux de décrépitude... »

Entendent-ils? écoutent-ils? Comment souffrent-ils un si long discours? Ils se serrent toujours et rapprochent leurs frémissements : ils ont froid et ils se taisent. L'orateur continue :

« Oh! l'enfance morbide, difficile, éternelle! Quand viendrait l'adolescence, quand viendrait la virilité? Et c'étaient des efforts, des artifices touchants; c'étaient, en guise de force, de la violence, des couleurs hurlantes qui se plaquaient, des gros mots, des clameurs inhumaines. Les gens ne s'inquiétaient pas : l'enfant faisait ses dents. Et c'étaient, preuves de profondeur, des mélopées qui venaient de loin, de très loin; ou bien des âmes complexes, des âmes de mystère et de doute venaient se pleurer de leurs propres larmes et se dire elles-mêmes en leur langue : les gens se penchaient et c'étaient des poupées ventriloques.

« L'enfant s'amuse », se disaient les gens, et ils se consolaient de ne pas s'amuser : ils attendaient. Et l'enfant expirait et il s'est éteint. »

Ça été une chute exquise et la voix s'est perdue en un trou. Les poètes sentent que c'en est fini d'eux et ils regardent leurs cadavres. Et ils trouvent que, parmi leurs frissons, ils ont les joues fraîches. Ça leur permet de se pleurer plus fermement et avec plus de sincérité et avec plus de bonne volonté.

Et le chœur chante :

A Alfred Jarry.

« Nous sommes venus des pays les plus loufoques,
De Tahiti, de Caen, du faubourg Honoré :
Parce qu'Aicard avait fait Miette et Noré,
Nous devions faire mieux et faire bien : ouf ! oh ! que
Nous eussions dû demeurer parmi Tahiti,
Parmi Caen, parmi le faubourg Saint-Honoré !
                              On aurait
Pu pleurer sur Elvire et relire l'Iti-
néraire de Paris à Jérusalem. L'heure
Est venue où c'est sur son heure que l'on pleure.
Nous sommes venus par la ville
Chercher du génie,
Nous en avons cherché dans René Ghil,
Nous en avons cherché z'à la Bastille,
Nous n'avons rien trouvé du tout,
Ça nous a fait faire des tomes
Et construire des vélodromes
Et mâcher un peu de dégoût.

Et l'orateur reprend :

« Vous êtes de bonnes petites âmes et de bons petits cerveaux. Et vous êtes d'agréables causeurs. Mais vous avez eu tort de vous occuper de littérature. Je sais. On vous avait dit au collège que vous aviez du talent et vous l'aviez cru, ou on vous avait dit que vous étiez des brutes et ça vous avait fait croire à un talent extraordinaire. Hélas ! Et vous vous êtes précipités sur les hommes de génie. Vous n'avez pas compris qu'il fallait les laisser seuls, avec leur génie et ne pas les imiter et ne pas les admirer. Ah ! les limbes tardifs que vous avez conquis ! Malheureux ! »

Et les petits enfants répétent : « Malheureux ! »

Infatigable, l'orateur poursuit : « Rappelez-vous les dernières représentations de nos théâtres, des théâtres à côté. Ils devaient, cette année, déployer une ardeur frénétique et connaître quels triomphes ! Vous savez l'aventure. La première fois, les gens cherchèrent très sincèrement à s'émouvoir et n'y parvinrent pas. Et ils partirent mélancoliques, en se demandant s'ils s'étaient ou non ennuyés. La deuxième fois, à un autre théâtre, c'était, sinon la même esthétique, du moins la même chose. Pendant la conférence, très simplement et très profondément on s'ennuya et, dès les premières scènes du drame, on vit que c'était mauvais. On se dit que ce n'était qu'une expérience. La troisième fois on ne s'ennuya pas, on

constata que « ça n'existait pas », — sans plus.
Et la quatrième fois, on fut unanime à affirmer
que ça n'avait jamais existé. Et on alla plus avant.
On se demanda si, vraiment, ce qu'il y a de meilleur dans la jeune · littérature, dans la littérature
dramatique, dans le roman, que sais-je? nous
vient du Théâtre libre et des petites revues. On se
demanda si c'était le Théâtre libre ou l'Œuvre ou
les revues qui donnèrent du talent à ces hommes.
Et ce sont les mêmes hommes, les mêmes noms
mais ce ne sont plus les mêmes œuvres. A l'époque
du Théâtre libre, ils faisaient « la pièce Théâtre
libre » et aujourd'hui ils font la pièce « Carré-
Porel » ou la pièce « Théâtre-Français ». Et —
ceci est plus grave — *c'est aujourd'hui seulement
qu'ils sont eux-mêmes.* Et ils n'ont jamais eu besoin
du Théâtre libre. Ils auraient attendu : voilà tout...

« ... Oh! attendre! » chuchotent les auditeurs.
Et quelques-uns gémissent : « La certitude de
placer sa pièce ou sa copie, c'est de la sérénité
et c'est la moitié du talent! » Et d'autres, plus
âpres : « L'unique question est de vivre : avoir du
talent, ça se confond avec la même peine. » Et
des éphèbes : « Oh! cette vie! comment continuer
cette vie! C'est impossible! »

Et, dans les barbes d'autour, les fils d'argent
frémissent.

Le discours se perpétue.

« Oh! les vocations incertaines et les embar-

quements sur la galère symboliste, sur la conque
décadente, sur la pirogue impressionniste et les
courses — vers une Thulé — ululantes et les
bris de vers inféconds ! Après quinze ans d'effort
décadent, qu'admirons-nous ? *les Trophées* qui sont
les plus classiques des vers, les vers les plus
loyaux, de l'éclat et de la profondeur les plus simples, sans mystère, sans symbole, sans autre
symbole et sans autre mystère que celui de la
Beauté ! Ah! c'est fini de rire ! Regardez les
œuvres qui réussissent : ni attache ni tache décadente ou symboliste. Ce sont des œuvres qui se
réclament de la tradition, ce sont choses d'ordre,
de régularité et presque de rigueur géométrique,
c'est « de la mathématique », de la mathématique
la plus noble et la plus haute et la plus souriante
aussi, mais souriant suivant les règles. »

Il s'exalte, il s'échauffe, et ce n'est pas nous,
n'est-ce pas ! qui l'en prions.

« On est las des faux départs, des errements,
des marches à l'aventure, des courses en sac.
On veut un but, on veut une route et on les a.
Il me semble enfin — la voilà l'énormité ! —
qu'*on devient sérieux*. De plus en plus on a horreur de ce qui est irrégulier, non classé ou dé-
classé, de ce qui est « en dehors ». C'est à ce
besoin d'ordre et de régularité qu'est due la cam-
pagne contre le buste de Mürger... et contre les
amateurs. On veut une organisation et, en littéra-

ture, en art, un cadre comme dans l'armée et des
promotions à l'ancienneté et au choix. Il ne faut
plus de bohème, de fantaisie, j'entends la fantaisie
sotte, hurlante, inharmonieuse. Quelques-uns l'ont
compris. M. le Sâr Joseph Aimé Péladan (c'est de
la sorte que le qualifient les affiches de l'état civil)
disparaît, comme un autre Postillon de Longju-
meau, dans l'hymen. Et les années qui vont venir,
le siècle peut-être vers lequel nous nous incli-
nons, tout sera un temps où triomphera la raison,
ornée, autant qu'on voudra, généreuse, abon-
dante, mais la raison cependant, la raison de Descartes et du xviie siècle. Déjà M. Zola parle de la
dictature avec beaucoup de bonne volonté. Entrons
dans la danse : le temps n'est jamais perdu dès
qu'on s'aperçoit qu'il est perdu. »

Il s'est tu sur ce mot d'Apocalypse. Et on est
gêné. Et on ne tremble plus. On s'entête. Restera-
t-on à s'embêter jusqu'à demain? Il n'y a plus
de garçons et on ne peut plus boire, Et est-ce
que la porte s'est ouverte? Un bruit court, un
chuchotement : « Verlaine est mort. » Ah! on n'a
plus à se pleurer, à réfléchir ; on se rue vers la
porte, on se rue vers la rue et loin, très loin, vers
le douloureux amant et vers du passé et vers son
passé à soi, longtemps, longtemps on marche —
vers des pleurs.

Janvier 1896.

LES ÉTAPES D'UN CHEF-D'ŒUVRE

LES ÉTAPES D'UN CHEF-D'ŒUVRE

« THAÏS » D'ANATOLE FRANCE (1867-1890)

———

En janvier 1862 paraissait, rue des Saints-Pères, le premier numéro d'une petite revue : *le Chasseur bibliographe*. Editée par M. François, libraire, qui y publia des études ingénieuses et documentées sur les « bibliomanes », « les biblio-lâtres » et les « bibliophobes », égayée d'un inces-sant et cruel relevé des erreurs et des fautes de plume anciennes et modernes, enrichie d'un catalogue, à prix parfois peu féroces, de livres souvent peu rares, doucement austère et douce-ment souriante, elle fit les délices de ces sages qui préfèrent la description d'une reliure à la description d'une terre inconnue. Deux années passèrent nonchalamment, sereines, où M. Fran-çois quitta la rue des Saints-Pères pour la rue Bonaparte, rendit gaîment son argent à un abonné de province qui avait pris *le Chasseur bibliographe* pour un journal cynégétique, inséra des articles de MM. Tricotel, Rathery, d'Auriac, Bourgoin d'Orli, Robert Luzarche et Paul Lacroix, et, subitement, en décembre 1863, après s'être intéressé avec la même passion à Brunetto Latini et à M. Brunet, à Diane de Poitiers et à Mlle de Gournay, à la bibliothèque de Colbert et au Chien pêcheur des cordeliers d'Etampes, *le Chasseur bibliographe* cessa d'exister.

Le jour vint cependant où il renaquit de ses cendres, plus étrange, plus ambitieux que jamais. Imprimé, non plus 19 rue des Saints-Pères, mais rue des Trois-Visages, à Arras, dirigé par M. Léon Roudiez, qui estampa sa couverture d'une lampe flamboyante d'autel, le numéro 1 de la troisième année fut mis en vente en janvier 1867. Elle était loin, la pauvre « revue bibliographique, philologique, littéraire, critique et anecdotique » d'antan ! « Revue *littéraire*, bibliographique, critique, théâtrale, artistique, héraldique et anecdotique », *le Chasseur* offrit à ses lecteurs (furent-ils nombreux?) une lettre inédite du marquis de Sade découverte par M. Etienne Charavay, une note sur la bibliographie révolutionnaire de M. N. France, les dissertations les plus piquantes, les plus diverses du docteur Villemain, de M. Ernest Courbet, de MM. Gourdon de Genouillac, Emile Conscience et Adolphe Racot. Mais à ce journal héroïque il fal-

lait un héroïque secrétaire de rédaction : — il
l'eut, et ce secrétaire s'appelait Anatole France.
Le labeur le plus acharné, le dévoûment le plus
subtil, tout ne fut qu'un jeu pour lui. Infatigable,
extraordinaire, il se multiplia âprement, joliment,
avec une ardeur suave, avec un rare bonheur.
Sous le bizarre pseudonyme de *Klein Zach*, il ful-
mina délicatement contre les ors des livres
d'étrennes; sous le masque si transparent de « *Un
bibliophile* », il écrivit la plus diserte, la plus
chantante, la plus *filiale* évocation, la glorification
la plus émue de tel ancien libraire, de telle
librairie du quai Voltaire, « *foyer éteint* », et, paré
de la perruque du mystérieux docteur *Von Jaco-
bus*, il suscitait des limbes des auteurs impro-
bables quelque Severus Latens, frère cadet sans
doute de T. Petronius Arbiter, et son œuvre, une
« chronique antique », le *Beau chef Mastarna*, où
s'agitent Corambus, Claudius, Edissa et Maccus :

Oui, c'est Maccus, ami; Maccus le bon enfant,
Maccus, le rire énorme, éternel, triomphant,
Dodu comme l'amphore et ruisselant comme elle...

Moins obscur, en la critique littéraire, A. Thibault louait dignement Leconte de Lisle, parlait
en termes adéquats, avec une tendresse clair-
voyante, du *Reliquaire* de Coppée, des *Poèmes
Saturniens* de Verlaine, auquel il reprochait de
« voir des clairs de lune de Watteau, le peintre

ensoleillé », cependant que le critique dramatique
Anatole France raillait à la fois Bressant et le
pauvre Ponsard, et exaltait Mme Plessy, Coquelin
et *Henriette Maréchal.* Et dans le troisième fas-
cicule (mars 1867), qui fut, hélas! le dernier,
une longue *pièce de vers* « extraite, disait une
note trompeuse, d'un recueil actuellement sous
presse », contait « la *Légende de sainte Thaïs,
comédienne* ».

En ce temps-là vivait une femme au pays
Des Égyptiens, belle, et qu'on nommait Thaïs;
Et les graves vieillards, venus de Galilée
Prêcher le nouveau Dieu dans la vieille vallée
Du Nil, tournaient la tête et fronçaient le sourcil
Lorsque Thaïs passait : or, ils faisaient ainsi
Parce que cette femme avait des mœurs infâmes;
Mais ils disaient qu'il faut craindre toutes les femmes...
Ils rapportaient d'ailleurs — et la chose est à croire —
Que la Vierge Marie était difforme et noire,
Car autrement son corps, vase d'élection,
Eût exhalé le trouble et la perdition.
De plus, bien que Thaïs eût reçu le baptême,
Elle jouait aux jeux qui tous sont anathèmes...

Vers hésitants, vers qui tremblent ici et là et
qui s'essoufflent, vers qui volètent et qui halètent
et qui s'alourdissent, vers aux chutes brusques et
trop brusques, vers aux chutes presque retenues,
vers aux rejets trop fréquents pour être agréables,
vers malhabiles et délicieusement malhabiles, trop

volontairement naïfs, un peu volontairement
pénibles, un peu involontairement mauvais : c'est
l'effort où s'essaya, où s'amusa le génie d'Anatole
France, où il put faire passer, faire sourire un peu
de sa science, de sa sagesse, de sa fantaisie et de
sa grâce. Ce sont, en somme, des vers d'élève,
d'un bon élève de Louis Bouilhet, mais d'un élève
de Louis Bouilhet, de jeunesse grave et de profonde culture chrétienne, d'un enfant dont déjà le
sourire d'extase se fond avec un sourire de doute,
d'un jeune philosophe dont le sourire de doute se
fond encore et se fondra toujours en un sourire
d'extase. Lorsqu'il peint, quelques instants après,
les charmes lascifs de son héroïne, le poète a
conscience d'écrire un vers ridicule en écrivant :

Elle avait de son corps fait à l'esprit du mal
Non pas un logement, mais bien un arsenal ;

et il l'écrit cependant parce que son âme est ornée
et ingénue et parce que, tout en souriant un peu
des mots des vieux apôtres, il sent gronder leur
majesté chenue et vivace et s'épandre leur lumière
irritée. Et la description de Thaïs continue :

Quelquefois languissant au feu subtil des fièvres,
Seule elle savourait le baiser de ses lèvres;
Puis des candeurs d'enfant lui venaient tout à coup.
Elle avait de l'oiseau, de la chatte beaucoup,
De la panthère même — étant très femme, en somme,
Faite comme Ève enfin pour la perte de l'homme...

Est-ce que cette femme est bien Thaïs d'Alexandrie? N'est-ce pas plutôt une femme plus proche de nous, qui, à défaut de la névrose, connaît au moins la migraine? et cette comédienne n'est-elle pas un peu la comédienne méchante et froide que nous retrouvons dans les *Désirs de Jean Servien?* D'ailleurs Anatole France revient bientôt à son antiquité, — et c'est, après des vers qui ressemblent aux vers les plus humbles des plus humbles et et des plus oubliés poètes religieux du xvii° et du xviii° siècle qu'aime encore l'auteur de *la Rôtisserie de la reine Pédauque,* — du bon *Melœnis.*

Cette femme perdait les âmes à foison.
Et les pères avaient certainement raison
De condamner la danse et les yeux du théâtre
Que Sénéca blâmait, bien qu'il fut idolâtre.

Thaïs n'y prenait garde, ayant l'utile honneur
D'être assez familière avec le gouverneur :
C'était un petit homme à ventre de Silène,
Lourd, un peu bien colère, ayant déjà l'haleine
Courte, mais portant bien son quadruple menton
Et ronflant en public sur un très noble ton ;
Il était d'une humeur atroce, mais, à table,
Ses convives l'auraient trouvé très supportable,
N'eût été toutefois son malheureux travers,
Sitôt qu'il avait bu, de réciter des vers.

C'est un portrait fort joli et fort plaisant de quelque personnage échappé des pages de Pétrone et des poteries étrusques, et les vers qui suivent sont plus agréables encore, soudain amplifiés et magnifiés de je ne sais quel souffle voluptueux. C'est encore du Pétrone, hélas ! c'est toujours du Mélœnis, mais avec un reflet puissant de la poésie orientale et de la poésie grecque, et Thaïs apparaît.

> ...Sans voiles
> Baignant ses flancs au lait que versent les étoiles.

Et cette peinture devient plus brûlante encore lorsqu'elle est faite par un amant clandestin de Thaïs « un beau centurion qui souvent la battait », un centurion qui est peut-être surtout un anachronisme puisqu'il

> ...S'était fait près d'elle une invisible attache
> Par sa belle façon de friser sa moustache
> Et son art à sangler son ceinturon de fer.

Et ces confidences faites « sous le portique, en buvant longuement du vin maréotique » ont des résultats funestes pour le malheureux :

> Il roula sous la table en racontant ces choses,
> Et se réveilla fort surpris, en un cachot,
> Où l'on lui fit un bain, le temps étant fort chaud,
> Avec avis pressant, que pour être agréable
> Au gouverneur, il eût, comme soin préalable,
> La bonté de s'ouvrir les veines.
>   Thaïs prit

Excessivement mal ce petit trait d'esprit
Du gouverneur et lui fit des nuits difficiles.

Ici le drame s'élève : il y a, il y aura encore des
sourires, encore des parodies amusées et des imitations inconscientes des versificateurs qui chan-
tèrent les martyrs et des apologistes ; il y aura
encore des plaisanteries de chartiste et des plaisanteries de séminariste, et les vers ne deviendront
pas, à l'improviste, tous excellents ; mais, c'est
d'une poésie plus haute et plus large, nimbée,
dorée d'un peu de la grandeur mystérieuse des
religions égyptiennes, de la sombre âpreté du
christianisme naissant :

Vers ce temps-là, Thaïs, par hasard, traversait
La ville au clair de lune, et, lorsqu'elle passait,
Les grands sphinx, accroupis le long des avenues,
Se sentaient pénétrés de douceurs inconnues :
Les passants, aveuglés de ses gorgerins d'or,
Disaient : « Nous en mourrons, c'est la déesse Hâtor ! »
Isis de ses rayons la baisait, amoureuse ;
Mais elle eut un frisson, étant un peu peureuse,
Quand elle vit un groupe étrange, sale, impur,
Qui tachait d'un gris brun le stuc rouge du mur.
Cachant ce qu'elle put de ses blancheurs de cygne,
Elle n'en vit pas moins le groupe faire un signe
De croix à son approche, et sentit une odeur
D'huile rance et d'oignon lui soulever le cœur.
Aussi, chez les chrétiens, c'est un signe de race
D'avoir l'haleine infecte et de suer la crasse,

Et de n'aller au bain de leur vie ; étant, eux,
Couverts de lèpre blanche et de maux très honteux.
Ils ont soin de cacher leur chair avec décence,
Pour n'induire la femme en la concupiscence...
...Le groupe s'allongea pour barrer le chemin ;
Chaque chrétien tenait une pierre à la main,
L'un d'eux : « Cette femme a souillé son corps, demeure
Du Saint-Esprit, dit-il : ainsi donc qu'elle meure ! »
— « Qu'elle meure! » reprit la troupe lentement...

La scène est belle et le mélange de pathétique et d'ironie, d'érudition amusante et presque amère et d'ardeur mystique n'est pas pour déplaire. Les négligences de style, les chevilles énormes, les inexpériences et les puérilités vont bien à cette poésie hybride. Et il a tout de suite un détail délicieux :

Les bras s'étant levés, elle ferma les yeux...
Puis se sentit saisir par un poignet nerveux.
Thaïs ne doutait point qu'elle fût vraiment morte ;
Mais sa foi n'était pas très arrêtée ; en sorte
Qu'elle ne savait trop, du diable ou de Typhon,
Qui l'emportait ainsi dans l'abîme sans fond...
...Sa chair silencieuse avait cette clarté
Que verse au front des morts l'aube d'éternité.
Cependant sa paupière avec effort se lève :
Elle voit vaguement, comme à travers un rêve,
Un grand vieillard farouche, à l'œil étincelant,
Et dont le crâne lisse était tout ruisselant
De lumière.

Et ce vieillard mystérieux qui fournit au poète

20

un rejet si admirable, d'un romantisme si exaspéré qu'il dut ou qu'il aurait dû faire bondir l'auteur d'*Hernani*, ce vieillard parle. Il prononce un discours d'une mansuétude courroucée, il dit, assez bizarrement, de son crâne lisse ruisselant... de lumière :

J'ai fait mon front semblable aux genoux des chameaux,
Le tenant prosterné jour et nuit sur le sable,
Et je suis cependant un pécheur misérable...

Les *lapidateurs* sont émus de ses imprécations : ils fuient.

Chacun, pour mieux courir, jetait sur la sandale
De son voisin la pierre de scandale.
Et Thaïs était là, qui baisait les pieds nus
Du vieillard, ses pieds noirs, mais beaux d'être venus,

Et après ces vers exquis viennent d'autres vers exquis où tremble toute la faiblesse, toute la grâce inquiète de l'âme féminine, toute son inconscience et son involontaire impiété :

Enfin, elle lui dit : « Sois mon seigneur et maître,
Et je te servirai, si tu veux le permettre...
Tu me fais peur, vieillard, et je voudrais t'aimer.
— Femme, répondit-il, cesse de blasphémer !
Va cacher loin de moi la flamme incendiaire
De tes yeux effrontés, toi qui, dans la chaudière
Des charnelles amours, des sales voluptés,
Bous sous les flots infects de tes impuretés !

Elle : « J'ai honte! ò ciel! » Lui : « Pour cette parole,
Dieu rallume ta lampe, ò pauvre vierge folle! »

Et maintenant, c'en est fini des rires qui courent le long des rimes, des sourires qui glissent,
furtifs, parmi les supplications et les anathèmes :
à jouer avec le divin, avec les imprécations et les
actions de grâces, le jeune homme s'est laissé
prendre au parfum subtil de l'encens et son poème
est désormais une hymne ; et si, çà et là, les vers
sont faibles, la syntaxe même incertaine, c'est que
l'auteur se souvient du latin de l'Église, c'est que
la voix de l'officiant tremble d'émotion, que la
voix de l'enfant de chœur chevrote, voilée et grêle.
Et Thaïs s'humilie :

    « Je vois clair enfin et je sens.

S'élever dans mon cœur des repentirs puissants.
Par-delà les longs jours de ma jeunesse amère,
Je me *souviens* l'*Ave* que m'apprenait ma mère ;
Puis elle me parlait de notre Père aux cieux...
. . . . . . Je prierai ce Dieu du fond de l'âme :
Enfant, je sentais bon lorsque j'avais prié. »
— « Femme, le parfum tourne en un vase souillé :
Tu ne peux prier Dieu, source éternelle et pure,
D'une bouche salie aux baisers de luxure...
Mais un cilice aux reins, aux hanches une corde,
Regarde l'Orient, criant : Miséricorde!
Debout dans la cellule où je te conduirai. »
La folle enfant, pensive, alors lui dit : « J'irai! »

Puis elle lui demande à revoir sa demeure.
Là, d'amoureux parfums la troublent...

Mais c'est le renoncement radieux à son an-
cienne vie, c'est l'incendie de ces richesses im-
pures et c'est la marche parmi le dur désert vers
la dure Thébaïde, vers

Le torrent profond des voluptés sacrées...
Le vieillard mit Thaïs dans une loge vide :
C'était comme un cercueil se dressant sur un bout,
Et dont le mort vivant restait toujours debout.
Comme on scelle une tombe, il en scella la porte
Avec un sceau de plomb, car Thaïs était morte,
Morte à l'éternité par la damnation,
En elle étaient les vers et la corruption.
Elle cria vingt mois, et, le vingt et unième,
L'homme leva le sceau qu'il avait mis lui-même.
Puis, ayant vu le front de celle qui pécha,
Lui, le saint et le fort entre tous, il coucha
Son front dans la poussière, et dit : « Femme très
　　　　　　　　　　　　　　　　　　[sainte,
Car la gloire t'éclaire et ta tête en est ceinte,
Je viens te demander ta bénédiction ;
Je suis le bouc impur, brebis d'élection !
Au nom du bon Pasteur, verse-moi l'espérance :
Le verbe est dans ton sein, car le verbe est SOUFFRANCE.

Et les vers deviennent d'une douceur imprévue,
d'un rythme inespéré ; c'est de l'André Chénier et
du Pétrarque, c'est du Lactance et du Lamartine.
L'Ange descend du ciel :

« Tu n'as pas versé, femme, ainsi que Madeleine
L'amphore de parfums en ton cœur encor pleine :
Donc, ceins tes reins, ô femme, et prends un bâton
                                        [blanc,
Et suis, par le désert, l'étoile au front tremblant... »
... Thaïs suivait l'étoile, et le soir incertain
Sous l'astre conducteur tout à coup sembla teint
D'une blancheur d'aurore et de lueurs d'opale.
Thaïs vit une femme au long sourire pâle,
Et dit : « Je viens à toi, comme jadis alla,
Emportant ses parfums, celle de Magdala. »
La femme répondit : « C'est le Ciel qui t'amène,
Ma sœur : j'ai soif du lait de la tendresse humaine,
Interrompant leur cours au ciel étincelant,
Vers toi qui t'avançais, blanche sous tes blancs voiles,
J'ai vu les astres clairs se pencher en tremblant ;
Et j'ai vu dans ton front se mirer les étoiles.
— Et toi, tu me semblais, de bien loin à te voir,
Un palmier solitaire, ô ma sœur bien-aimée ;
Et je buvais, parmi les souffles frais du soir,
La semence d'amour de ta bouche embaumée... »
... L'ange était radieux ; il descendit vers elles,
Et, leur faisant un dais avec ses grandes ailes
De lumière et d'azur, plus pures que le jour :
« Aimez-vous, leur dit-il, car le verbe est AMOUR. »

                    *
                  * *

Les temps passent. *Le Chasseur bibliographe*
meurt pour la seconde et dernière fois, tué peut-
être par ce poème de 274 vers : Anatole France

donne des sonnets au *Parnasse contemporain* et
à *Sonnets et Eaux-fortes* et s'efforce vers la perfection, nonchalamment. C'est l'*Étude
sur Alfred de Vigny*, et c'est la *Mort
du Singe*, ce sont les *Poèmes dorés*.
Puis l'effort devient plus sublime :
c'est le chef-d'œuvre harmonieux et
nuancé, le marbre délicat et l'azur
attendri que sont les *Noces corin-
thiennes*, et c'est la prose la plus légère, la plus sineuse, la plus riche et
la plus sereine : ce sont les *Désirs de
Jean Servien*, c'est le tragique soudain
de *Jocaste*, ce sont les oraisons funè-
bres affectueuses et émues de Lucile
de Chateaubriand et de Mme de la
Fayette ; c'est, d'un coup, *Sylvestre

Anatole France.

Bonnard* et la gloire. Il semble que le poète ne
songe plus à sa *Thaïs* lointaine, et cependant son
souvenir le poursuit, le possède, ne le quitte pas.
Qu'il écrive le *Procurateur de Judée* ou la *Vie
littéraire*, c'est toujours le même fantôme qui lui
apparaît, triste et souple en ses voiles, et des vers
chantent en son esprit :

En ce temps-là vivait une femme au pays
Des Égyptiens, belle, et qu'on nommait Thaïs...

C'est une obsession. Le souvenir est à la fois
charmant et amer : charmant à cause de la beauté

de la légende, un peu amer à cause des remords
que causent au parfait poète les chevilles, les
lourdeurs et négligences d'antan. Mais il ne refait
pas encore son œuvre. Il le laisse se refaire, se
faire elle-même. Et il n'en parle pas. C'est le *Livre
de mon ami*, *Abeille* et *Balthazar* et ce sont des
préfaces, et ce sont des projets : les *Autels de la
Peur*, une *Jeanne d'Arc* que nous aurons un jour.
Et les vers chantent toujours, plus lents et plus
impérieux :

En ce temps-là vivait une femme au pays...

*
* *

« En ce temps-là... » C'est le livre qui naît enfin...
« En ce temps-là, le désert... » Ce n'est plus la
Thaïs de 1867 ; ce n'est plus la légende de fantas-
tique, de mysticisme un peu funambulesque, floue,
vague, inconsistante, ressemblant à un conte de
Voltaire et à une pièce de la *Légende des Siècles*,
ce n'est plus la piété d'un renanien qui aime *la
Belle Hélène* et l'impiété passagère d'un prêtre, et
ce n'est plus une religion embuée, un peu sweden-
borgienne, ce ne sont plus des nuages. C'est
l'œuvre la plus humaine et la plus divine, la plus
frémissante, la plus douloureuse, la plus saignante
et la plus sereine : c'est une ferveur amère, une
ironie navrée, et, puissant jusqu'à l'exaspération

et la frénésie, le sentiment de la beauté. Cela tient
simplement à ce fait que vingt-trois années se sont
écoulées entre l'ébauche et le livre. Le poète a lu,
a aimé, a souffert, a *vécu*. Ce n'est plus un exercice
et un divertissement, ce sont des souvenirs, des
méditations, des sensations poignantes et aiguës.
Et si Thaïs agite encore toutes les pages du roman
de sa grâce, de ses pleurs et de sa hantise, ce
n'est pas elle qui est tout le roman. Celui qui est
tout le livre, c'est un personnage qui surgit brusquement, sans avoir été vu dans l'esquisse : c'est
Paphnuce. Et Paphnuce, c'est toute l'ardeur et
toute la mélancolie, tout l'effort et toute l'angoisse,
tous les désirs et toutes les désillusions du poète à
qui des trahisons, des défaillances, des soupirs ont
peu à peu révélé la vertu. Et tous les accessoires
inutiles ont disparu ; plus de gouverneur, plus de
lapidation, plus de tombeau dans la Thébaïde,
plus d'ange conducteur, plus de femmes inconnues.
C'est le drame le plus haut et le plus large, avec
des gazelles, de l'hysope et du sel, avec l'écho des
voix de Timoclès de Cos et de Palémon, du noir
Ahmès et de Nicias, d'Eucrite et de Dorion, avec
la blancheur d'Albine et l'ombre du sphinx de
Sisilé. Mais ce sont aussi, ce sont surtout, sous les
cieux entr'ouverts, des douleurs et des tortures, la
longue théorie des vices et des tentations, et des
grimaces de chacals et de vampires, et des pleurs
sur la statue d'Eros.

*
* *

Il n'est rien d'éloquent et d'admirable comme cette histoire d'un livre et cette histoire d'un homme. C'est un enseignement et un encouragement que cette marche de Bouilhet à Plotin, à Platon et à Virgile. Et l'on peut croire qu'il suffit d'un labeur continu pour écrire un livre comme Thaïs, le livre le plus beau, le plus parfait, le plus troublant, le plus admirable, le plus simple qui soit. Il ne s'agit que d'avoir du génie — en outre.

Et le livre est écrit, le livre qui toujours fut rêvé, le livre qui voulut être écrit; et sans doute le poète rêveur, par delà le chef-d'œuvre, entend encore chanter en son âme les vers d'autrefois, les vers hésitants, les vers aimés, — et il les laisse chanter doucement cependant que sa gloire sourit en son voile d'azur :

En ce temps-là vivait une femme au pays
Des Égyptiens, belle, et qu'on nommait Thaïs...

Août 1895.

LES AMATEURS

A Félix Vallotton.

LES AMATEURS

———

— Monsieur, me dit-il, je suis *un amateur.*

Je le regardai, très surpris. Rien en lui ne faisait songer à cette bête fabuleuse qu'est l'écrivain millionnaire ou le millionnaire — tout simplement. Ses vêtements, de coupe humble et de fraîcheur relative, ne ressemblaient nullement à ces vêtements de l'élégant comte de Pairaud qui jadis furent chantés par l'élégant Pierre Veber. Mais c'était peut-être un de ces hommes qui, par une originalité de mauvais goût, sans même s'offrir l'excuse d'aller promener par les cours une charité harmonieuse et parfois glapissante, se déguisent en pauvres. Pourtant ses cheveux trop longs ou trop courts et ses yeux misérables avaient un grand accent de sincérité. Et son affirmation était calme, nette, précise, sans nuance d'ironie ou d'amertume. Je devais l'accepter poliment, sans m'en inquiéter.

— Ah! murmurai-je.

— Oui, répondit-il gravement : je suis un amateur. Et ne vous étonnez pas de ne me voir aucun des enviables symptômes qui dénoncent les espèces de ce genre aux yeux exercés de M. Arsène Alexandre ou de M. Jean Ajalbert : vous ne trouverez pas autour de moi la splendeur qui auréole cruellement M. Robert de Montesquiou, le faste qu'on admire et qu'on blâme chez M. Boniface ou chez M. de Castellane, — et cela tient seulement à ce fait que *le mot « amateur » a été, ces temps derniers, détourné horriblement de sa signification ordinaire, de son unique signification possible.*

— Vous m'effrayez! prétendis-je. Et il m'effrayait en effet, car je le croyais grammairien.

— Notez, monsieur, continua-t-il, que je ne regrette pas cette erreur : ce fut une erreur savoureuse et féconde.

Elle nous valut des cris et des sourires, des pages passionnées et des pages sereines, de doctes dissertations et des plaisanteries, de très beaux articles de MM. Pierre, Jean, Vandérem, Alexandre, Lorrain, Ajalbert, etc., etc.

Fernand Vandérem.

Et nous eûmes les lettres les plus jolies, les plus

éloquentes qui soient. Elles étaient signées par Alexandre Dumas et par Gyp, par Jules Claretie et par Paul Verlaine, par Henri de Bornier et par François de Curel, par Alphonse Daudet et par Henri Lavedan. Et les hommes de génie parlaient de talent, les hommes de talent parlaient de génie.

Il y eut même quelqu'un qui, par une science délicieuse, sans paraître le vouloir, nous donna, d'un coup, la moins contestable définition de l'amateur et la preuve la plus persuasive qu'il était le plus certain des amateurs. « Le plus gros arbre planté par lui n'égratigne jamais de ses racines que la surface, et la moindre fleur de l'écrivain tient secrètement par les siennes au fond même de la langue. » Il faisait de la sorte, en une forme hésitante et bizarre, son portrait très modeste et très exact.

Et ce fut, comme vous savez, une querelle sérieuse, des prises d'armes, de grandes colères, de petites fièvres, des injures courtoises et cruelles, un labeur acharné de gens qui creusent un fossé imprévu et spécieux.

La lutte fut héroïque, les différentes passes furent bien conduites et très habiles, les attaques furent vigoureuses et les ripostes fougueuses, et l'erreur devint de plus en plus savoureuse, de plus en plus aiguë. La preuve, c'est qu'on s'est demandé presque sans rire si Flaubert, Vigny, Musset et La Rochefoucauld furent des amateurs. Et les uns ont cru possible de se couvrir des titres de noblesse de Saint-Simon, des titres de rente deVictor Hugo, tandis que les autres, un peu atteints, excusaient ces tares légères et les noyaient dans le flot des écrits de ce gentilhomme, dans l'ombre du génie de ce propriétaire. Et c'était bien amusant ! N'est-ce pas votre avis?

— Heu ! fis-je vaguement, pour ne pas le contrarier, pour ne pas arrêter en leur essor ses méditations aventureuses.

— N'est-ce pas? n'est-ce pas? insista-t-il, très heureux. C'était d'une gaîté folle. Mais, monsieur, *l'amateur* ce n'est pas *le monsieur qui a de l'argent*. Le monsieur qui a de l'argent, c'est le monsieur qui a de l'argent — sans plus, et c'est déjà quelque chose. Il y a bien une différence entre les littérateurs pauvres et les littérateurs riches, mais une différence si ténue! La voici : les premiers se *font* payer sans hâte, avec une indifférence et une douceur laborieuses qui voilent mal leur besoin, les autres se *laissent* payer, avec une âpreté satisfaite et charmante. Les uns reçoivent leur salaire avec ennui, avec l'ennui d'hommes qui se passeraient fort bien de cet or, de leurs échéances, de leurs charges, de leurs dettes et de leurs angoisses; les autres accomplissent un sacerdoce : ils travaillent pour le seul plaisir de travailler, et les quelques sous qu'ils gagnent leur sont inutiles et chers : tel Descartes jadis conservait pieusement

en une bourse de cuir sa solde d'officier « adventice », pour parler sa langue, — et c'était un
soldat amateur! On leur reproche d'empêcher les
« professionnels » de gagner leur pain, mais c'est
un reproche injuste : les plus dangereux ce sont
ceux qui donnent « leur copie » pour l'amour de
Dieu et de la notoriété, qui l'imposent, le poignard
sur la gorge ou qui, plus simplement, ne crai-
gnent pas de l'enchâsser en l'azur des billets de la
Banque de France.

— Ah! fis-je en une indignation furieuse.

— Bast! répliqua mon interlocuteur avec une
mansuétude infinie, il faut bien que les directeurs
de journaux puissent vivre et que les journaux
puissent mourir. On a fait des lois sur l'exercice de
la médecine, on a codifié une réglementation de la
boulangerie, mais on ne peut publier des ordon-
nances sur l'exercice de la profession d'écrivain,
puisqu'il n'est pas de ministre de l'Instruction
publique ou de ministre de la Guerre capable de
rendre le talent obligatoire. Et si tous les littérateurs ne sont pas riches, au moins il existe, il exis-
tera toujours des littérateurs riches. Il y a plus. Je
ne vous parlerai pas des hommes de lettres qui,
par un mystère plus étrange que désagréable, avant
d'avoir connu les voluptés du « troisième mille »,
ont su posséder *le petit hôtel*, ce rêve de notre âge,
qui a remplacé la vision superbe de la coupole du
Palais Mazarin. Mais *il est certain* — ce n'est pas

un paradoxe — *que, depuis quinze ans peut-être, la fortune, la fortune moyenne des écrivains (et ici le mot écrivain a son acception la plus large) a augmenté d'une façon sensible.* Beaucoup possèsèdent un ascenseur, un monocle, un concierge décoré pour faits de guerre (et ce sont, à Paris, des accessoires hors de prix), parfois même une bibliothèque, plus souvent des tableaux (outrageusement faux), un piano muet et des monstres japonais.

Et — ceci est plus grave — presque tous peuvent faire et font éditer, à leurs frais, *leur* volume, *leurs* volumes de début (jusques à quelle année, jusques à quel volume débute-t-on?). Les temps sont passés, les temps sont devenus mythiques où les jeunes hommes, leur manuscrit sous le bras, cherchaient longuement et trouvaient un Poulet-Malassis ou un Achille Faure. On connaît maintenant les tarifs des imprimeurs, — et l'on imprime de plus en plus. Salutaire et prodigieux effet de la férocité grandissante des éditeurs sur la richesse des poètes et des romanciers!... Et il n'est pas un peintre impressionniste qui n'ait son yacht, son sloop et — naturellement — sa norvégienne...

Je vis que c'était un sujet inépuisable, et je jugeai utile de ramener l'orateur à la question — timidement.

— Les amateurs?... quémandai-je.

Il me contempla avec une sévère pitié.

— Mais nous y sommes ! assura-t-il. Je viens de vous montrer qu'on ne peut pas établir entre les deux camps une muraille de gros sous ; je vous ai dit que le mot avait été détourné de son sens, et, après en avoir fini avec les *faux amateurs*, je m'achemine vers les *vrais amateurs* à l'aide de la transition la plus inattaquable, la plus admirable ! — et vous coupez, en barbare, ma transition ! C'est mal ! Et je reprends mon discours. Quelle est presque toujours la valeur de ces livres qu'on offre, grâce à des sommes parfois inouïes, en des formats singuliers, avec un luxe typographique inquiétant, à la raillerie, à l'indifférence publique ? Mon Dieu ! n'est-ce pas ? elle est modeste. Ce sont de discrets plagiats, du déjà vu, du déjà lu, des phrases qui reviennent, mal digérées, des rimes, des truismes et des tropes malhabilement déguisés. Ce sont des imitations et ce sont des imitateurs. Oh ! sans doute, ce sont très souvent des imitations et des imitateurs d'excellents, de prestigieux modèles ; c'est, çà et là, le joli et pâle reflet de tel sourire divin, c'est l'écho, plus déjà qu'aimable en sa dégradation ténue, en sa faiblesse, en son effort, de telle voix haute, sonore et rare ; ce sont d'intéressantes tentatives, des promesses qu'il ne faut pas négliger.

Mais ces jeunes gens (parfois, comme le dit l'ineffable Laurent Tailhade, des jeunes gens à cheveux blancs) qui n'ont pas su résister à l'astu-

cieuse séduction de leur porte-plume, qui n'ont
pas voulu renoncer au leurre de se croire célèbres
parce que leur nom se dissimule en l'ombre indulgente des librairies, ces jeunes gens ne sont
encore que des apprentis, des imitateurs, des
amateurs.

*
* *

L'amateur, c'est l'imitateur.

Et vous voyez tout de suite que c'est ici le véritable sens du mot. Ce n'est plus un mot méchant,
dur et agressif; ce n'est plus une injure, et quelle
injure! Le mot reprend toute sa joliesse un peu
ironique, mais doucement et presque tendrement
ironique : il ne stigmatise pas, il caresse et il sti-
mule, car être amateur c'est un état : on ne reste
pas, on ne doit pas rester amateur.

— Pourtant... risquai-je.

— Oui, je sais bien, dit-il : nous sommes quelques-uns, nous sommes beaucoup qui demeurons
amateurs pendant toute notre existence et peut-
être continuons-nous dans l'existence ou les exis-
tences subséquentes. Mais nous avons tort — et
ce n'est pas important. En théorie, en pratique
même, c'est parmi des volumes sans cesse meilleurs, parmi des étapes toujours plus hardies, un
lent et âpre acheminement vers la perfection. Car
notre époque est l'époque de Buffon : de plus en
plus le génie est une longue patience, une patience

teintée d'habiletés, de roueries, d'héroïsme et de sagesse. Et l'on devient un *maître*, après des tâtonnements et des hésitations. Tout le monde, je le répète, ne devient pas un *maître* : il suffit qu'on puisse le *devenir*. Et la distinction à établir, c'est la distinction entre les *amateurs* et les *maîtres* : LE MAITRE d'un côté, L'AMATEUR de l'autre, celui-ci regardant celui-là avec respect, avec l'envie la plus légitime, avec l'espoir le plus actif, l'autre l'encourageant de son indulgence et de son sourire.

— C'est tout à fait admirable ! fis-je, et voilà un tableau idyllique digne d'un autre âge. Mais je crains que la ligne de délimitation ne soit pas bien franche.

— Mais, répondit-il vivement, il ne faut pas de fossé : ce n'est pas ici un *steeple-chase*, c'est une côte à monter — au pas. Et y a-t-il une si grande différence entre les *chers élèves* et les *chers maîtres?* On prodigue beaucoup le mot « maître » et « cher maître » : il y a des degrés, il y a des nuances dans la maîtrise ; mais un jour vient où l'on est incontestablement un maître, le maître, et où, de très loin, de très haut, on voit venir à soi la théorie laborieuse et sinueuse des disciples, des amateurs qui aspirent à ne plus être des amateurs. Quant à ceux qui ne travaillent pas ou qui travaillent mal, qui font toujours, sous des couvertures diverses et sous des titres changeants, le même livre et le même méchant livre, ils ne

comptent pas : ils se contentent d'être le nombre,
d'être la masse, de rehausser de leur laideur terne
la beauté radieuse et rare de l'élite. Et nous ne
pouvons pas les plaindre non plus, puisque,
comme le disait jadis Molière, rien ne les force à
écrire, puisqu'il y a cent autres manières plus
fructueuses de gagner leur pain ; mais ils ont droit
à notre indifférence, à notre dédain et à notre
silence. C'est à nous à devenir des maîtres, le plus
rapidement, le plus strictement possible. »

Il souriait d'un sourire un peu railleur, un peu
douloureux. Je souris aussi. Et l'homme se prit à
considérer un rêve. Puis, pour échapper à je ne
sais quel décevant mirage, il conclut — amer :

— « Je ne sais, monsieur, si vous vous inté-
ressez comme il convient aux destinées, à la vie,
aux ruses naïves, à l'industrie et à la littérature
des lutteurs forains : c'est merveilleux ! Des tréteaux où ils campent solidement et avantageuse-
ment leur majestueuse stature, lourds et souples
en leurs maillots clairs agrémentés de médailles
et d'écharpes, ils tendent vers le peuple leurs bras
terribles d'où les muscles semblent vouloir jaillir.
Ils brandissent péniblement des poids modestes,
jonglent avec des poids monstrueux, puis, après
un discours insinuant, éloquent et grave, ils offrent
de se mesurer avec des adversaires plus ou moins
indignes d'eux. Ils implorent des « amateurs »
dévoués, des amateurs !

« Et les amateurs s'avancent. Les lutteurs les nomment tout de suite au public. Celui-là c'est « le rempart de Clichy », cet autre c'est « le Boucher de la Villette », ou « le Zouave de Pantin »! On promet des combats sans merci, des combats dont l'issue est douteuse. .Et ce sont des joutes peu ardentes, molles et loyales pourtant, puisque le résultat a été arrêté d'avance. Puis les « amateurs » et les « lutteurs » se partagent fraternellement la recette. Le lendemain la farce recommence : le Boucher ou le Rempart reparaît, obstiné, car c'est un *amateur de profession*... jusqu'au jour où, débarrassé de son veston, il pontifie sur les tréteaux, en un maillot accoutumé, sous le nom de « M. Jules », avec des médailles et des écharpes, cependant qu'un camarade qui s'est sacrifié reprend le métier éternel d'amateur. Eh bien! remarquez, monsieur, que je ne veux pas établir une comparaison désobligeante...

— pour les lutteurs?

— pour les lutteurs, si vous voulez. Eh bien! est-ce que cette querelle, ces injures et, qui sait? nos querelles, nos injures, nos efforts et notre gloire peut-être, ce n'est pas un peu la même chose?

Juillet 1895.

L'ORAISON

DE M. BENOIT DE SPINOSA

A Teodor de Wyzewa.

L'ORAISON DE M. BENOIT DE SPINOSA [1]

———

Tout comme un chrétien, M. Benoît de Spinosa s'agenouilla avec une lenteur respectueuse. Le soleil lança un sourire pâle sur les verres qui, à moitié polis, s'entassaient sur sa table; il argenta les chaises qui sommeillaient, nimba d'un or vieillot le petit pot de bière à peine entamé et l'assiette où un peu de lait s'éternisait, mais les feuilles de papier que l'écriture de M. de Spinosa rayait de taches drues et régulières restèrent dans l'ombre, formidables.

Dans le silence de la chambre monta alors, discrète et ténue, la prière de M. Benoît de Spinosa; « Notre père qui êtes aux cieux, que votre nom soit sanctifié, que votre règne arrive, que votre

———

1. Pourquoi je publie ce devoir de rhétorique? Parce qu'il plut à Notre Maître Anatole France et parce que, si je ne l'avais pas composé, je n'aurais pas composé ceux qui suivent — ou qui précèdent.

volonté soit faite sur la terre comme au ciel. Donnez-nous aujourd'hui notre pain quotidien, pardonnez-nous nos offenses comme nous pardonnons
à ceux qui nous ont offensés, et ne nous laissez
pas succomber à la tentation. Ainsi soit-il. »

Après avoir prononcé ces paroles sans ardeur,
il n'attendit pas qu'une extase vînt l'occuper et
il se leva sans mollesse et sans hâte. Il essuya
soigneusement, quoiqu'il n'eût ordinairement pour
son extérieur qu'un mépris hautain, les cercles
de poussière que ses genoux avaient ramassés,
puis il s'assit en un fauteuil et croisa ses jambes
maigres ; un sourire froid et railleur découvrit
ses dents jaunies en sa face jaune et noire que le
soleil taquinait de reflets très doux. Ses yeux
cherchèrent par-dessus la neige des toits une
chose très précise, et parmi cette solitude, cette
paix grise du logis, des mots sortirent de sa
bouche :

« Ce n'est pas, dit-il, sans quelque stupeur que
tu as entendu ma prière, Dieu omniscient et prescient : je ne te remercierai donc pas de ne m'avoir
pas donné la comédie comme tu le fis jadis à ce
pauvre M. de Pathmos et de m'avoir épargné
ces incommodes bestioles dont tu lui fatiguas les
yeux : tu n'avais pu préparer ta machinerie : tu
ne t'attendais pas à ma politesse.

Or, par une calme ironie, j'ai récité le discours
qui scelle l'homme à la terre.

En négligeant toute grandeur, je ne t'ai pas demandé de nous refuser le pain quotidien, de ne pas nous pardonner nos offenses et de nous laisser ainsi nous élever âprement vers toi.

J'ai fait mieux.

La soif de pauvreté, de haine divine et humaine qui possède quelques âmes et les hausse est bien loin de moi : impassible, je regarde le manteau de bassesse et de néant qui tombe tous les jours davantage sur le dos offert des hommes : ils ne sont pas libres. Mais, si j'ai semblé accepter un instant leur condition, leur humilité et leur soumission, c'est pour juger plus sainement la distance qui m'en sépare et pouvoir m'élancer plus haut.

Et maintenant je me dresse en face de toi ! »

Mais M. Benoît de Spinosa ne quittait pas son fauteuil. Nulle fièvre n'altérait la sérénité de son regard et sa peau sombre ne se ridait pas sous les frémissements. A peine si ses lèvres se retroussèrent un peu davantage. Il semblait parler à un enfant pris en faute ou à un malfaiteur inhabile qu'on gronde doucement — de haut. Il continua :

I

« Je sais qui je suis et ce que je suis : c'est en vain que ton ambition jalouse m'a fait tomber sur cette terre et m'a coulé en un corps humain. Et cependant tu n'avais pas trop mal arrangé les choses : tu m'avais fait fils de juifs et de juifs marchands ; j'étais ainsi entraîné à leur dur effort vers l'argent, à leurs courbatures devant ta force : tu voulais me faire descendre à leur automatisme passionné de calculateurs et de fanatiques prudents. Tu espérais, pauvre optimiste, en ta paresse d'autocrate vieilli, que peu à peu leur contact et le sourd travail de leur race me pousseraient à leur frénésie lucide de cupidité, à leur vertige de commerce : tu voulais m'humilier comme tu avais humilié ce peuple.

Tu m'avais fait naître en la grâce de cette Hollande opulente pour que je fusse attiré, absorbé par son activité et son industrie. La beauté de ses femmes, tendrement nuancée de blanc et de rose, la perfidie des kermesses, la fermeté des paysages, l'immensité de la mer m'assaillaient de toutes parts : partout où je me tournais, tu m'avais disposé des tentations ; tu n'avais pas ménagé les pièges à mon esprit : l'amour des livres m'était conseillé par l'officine toute proche des Elseviers ; des philosophes habitaient dans le voisinage et construisaient une Méthode comme M. Descartes ; des peintres mariaient sur des toiles la nuit et le jour comme M. Van Ryn et une agitation universelle remuait le pays.

Mais Baruch Spinosa n'englua pas son âme au

charme des pièces d'or ; les seins des femmes ne
lui révélèrent pas ses sens, la mer fit reluire en
vain sous des lumières diverses ses frissonnements
argentés ; calme, je passais devant les vierges ;
calme, je regardais les marins fuir vers les Indes
ou vers la Tamise ; les destinées changeantes des
Nassau et les tons ondoyants des tableaux ne
mordaient pas sur mon indifférence.

*Tu avais su estomper, assoupir ma divinité, tu
n'avais pu l'étouffer !*

II

Et cette divinité se précisa peu à peu. Elle
s'émut aux lectures de la Bible où ce pauvre Mor-
teira versait toute sa foi et, encore un peu obscur,
elle se réveilla lentement en mes méditations et
mes doutes. Elle restait pâle cependant, ne me
donnait qu'un dédain pour les autres, mais elle se
réveillait et tu laissais faire !

Sans doute tu t'exagérais ta puissance, tu ne te
défiais pas de moi ; tu me croyais enseveli en ma
médiocrité : j'en étais déjà sorti.

Ensuite tu puisas en ma jeunesse une confiance
nouvelle à mon abaissement. J'étais encore hésitant
et le linceul d'humanité dont m'avaient enveloppé
les années embrumait encore *le Dieu que je suis.*

Je croyais encore un peu à la science, je voulais occuper mon passage sur la terre. C'est alors que, par un excès d'habileté, tu me découvris ma divinité tout entière.

Tu ne me voyais plus embrasser les Tables de la loi, le chandelier à sept branches ne m'éblouissait plus de sa lueur, je ne célébrais plus la fuite de la Mer Rouge devant Moïse : tu devinas un danger.

Mais je ne me savais pas encore Dieu.

Ce n'était pas en apprenant le latin et le grec (si peu) que je pouvais, croyais-tu, me débarrasser de mon enveloppe.

Et pour mieux m'attacher à la terre, pour affermir et compléter mon humanité, tu me mis au cœur un amour pour la fille de Van Ende.

O femme de douceur et de pitié, si je pouvais avoir quelque sympathie pour une créature humaine, ce serait toi seule que j'élirais; c'est ta beauté dont je ne me souviens plus qui m'a tiré de l'humanité.

Et d'abord, t'ai-je réellement aimée?

N'était-ce pas ta science souriante, la science et la bonté de ton père que j'aimais en toi? Une passion m'avait saisi et mon âme appelait la tienne.

Tu triomphais, Dieu miséricordieux, mais en l'âpreté de ta haine tu voulus exagérer ma peine et tu dépassas le but : tu me fis refuser par cette jeune fille!

Alors je vis que j'étais Dieu.

Toute mon ardeur tomba, d'un coup; doucement une sérénité descendit sur moi, et aussitôt je la sentis éternelle. Je me laissai consoler, par modestie, je n'empêchai pas la jeune savante de m'enseigner tendrement tout ce qu'elle avait appris et, pour la récompenser de son bienfait inconscient, pour la remercier de sa compassion et de sa patience, je fis semblant d'accepter cette science puérile et de profiter de ses leçons. Mais la violence de mon sentiment avait consumé toute mon humanité, j'étais libre de toutes entraves terrestres.

Et tu te réjouis en ta sagesse. Tu crus me voir une blessure humaine, un regret charnel qui m'affaiblissait et me dégoûtait de l'humanité; tu attribuas à un désespoir vivace l'isolement où je me tenais, et mon dédain de tout, mon calme, te parut une résignation saignante. Je ne voulus pas te détromper; la sensibilité et l'humanité que mes premières années m'avaient infligées avaient disparu en mon bouleversement sentimental, le masque que tu m'avais imposé était tombé : tu n'en sus rien, car tu sais tout.

III

Ma divinité s'éleva alors au-dessus des hommes

22

et de « l'univers », elle plana sur les juifs qui me
haïssaient, sur les gens que j'étonnais, sur les

Spinosa.

livres que je lisais, sur les écrits que
je traçais. Tu crus, car tu es infail-
lible, que je sacrifiais aux vanités de
la philosophie !

Certes je courbais mon front sur les
œuvres de M. Descartes, mais Descartes, tu le sais, n'a pas été sincèrement homme. Après avoir monté très
haut, il a voulu redescendre et a voulu
croire qu'il redescendait : dans les livres de ce philosophe, je cherchais moins ce qu'il
avait dit que ce qu'il avait pensé, j'allais toucher le
Dieu dans l'auteur, je laissais de côté ses vertiges
et ses scrupules, je suivais la route voilée qui le
conduit de la scolastique à la divinité.

Tandis que, pour le commenter, je reconstituais,
par un effort amusé, l'homme que je devais être,
je sentais une volupté tacite et muette à songer
que je te jouais, que je te vainquais ! Je conser-
vais intacte ma divinité, je ne la souillais ni par
des amitiés, ni par des désirs, elle ne s'amoindris-
sait pas par des aveux et des confidences, elle
m'éclairait intérieurement d'une flamme étrange,
sans que cette prison de boue en usurpât le
moindre rayon.

Ta paternelle béatitude s'applaudissait de ma
faiblesse songeuse.

Cependant ma virginité obstinée, ma tranquillité choquaient un peu ta haine : tu me fis tenter plusieurs fois, tant que tu me croyais homme! Tu dirigeas contre ma poitrine le poignard d'un malheureux, si furieux qu'il me manqua. Tu ne voulais pas la mort du pécheur, Dieu de paix : tu désirais seulement me voir humilié par un repentir ou une terreur.

Et, par bonté, je voulus te faire plaisir : je semblai craindre pour mon existence de ténèbres sales et je changeai de résidence.

Tu fus ravi, tu pensas : « Ah! il est bien humain, il se croit mortel et il a peur de la mort! »

Que m'importait un voyage? C'était faire passer d'un endroit à un autre les chairs précaires dont tu m'avais revêtu; mais, partout où j'allais, je voyais les mêmes êtres qui croient être, partout ma divinité était triomphante!

Et, malgré toi, aucune passion ne m'effleurait, nulle colère ne m'enflait les joues, jamais une joie ne me secouait les entrailles. Je vécus par moi seul, sans ton concours : je taillai pour les hommes des verres qui leur montraient mieux leur petitesse, je composais des écrits qui exaspéraient mieux leur néant. Et tout passa sur moi sans m'atteindre. Tu me fis proposer des honneurs et de l'or : mon orgueil n'en ricana même pas et eut la même indifférence pour le legs de ces pauvres

MM. de Witt, pour la générosité affectueuse de Simon de Vries que pour la curiosité bienveillante de Sa Majesté Très-Chrétienne et de l'aigle vieillissant appelé M. le Prince chez les Français. Je n'ai craint ni les cris du peuple ni ta puissance *et je n'ai jamais adoré que moi.* »

La voix de M. Spinoza restait froide et uniforme, son corps était immobile, et il semblait en cette chambre d'où le soleil se retirait lentement qu'une chose invisible brillait et se cabrait, riait et menaçait. Un repos s'étendait sur tout et les derniers rayons du jour s'alanguissaient sur des livres de vélin blanc et de cuir brun qui mouraient sous le dédain de leur maître.

Sans fatigue, M. de Spinoza déroulait sa rhétorique :

« Pourtant j'ai semblé né rien mépriser sur cette terre : j'ai eu pour tous une même douceur, une égale politesse : je ne les ai pas chicanés sur leurs chimères : je les ai tous laissés venir à moi, je ne me suis laissé absorber par aucun.

Exilé patient, j'avais suivi les conseils de Descartes qui connaissait bien cette situation : je me pliais aux lois et coutumes du pays où je séjournais, du monde où j'attendais.

Mais tu ne t'inquiétais pas de ma vertu : j'avais publié des livres, je m'étais ainsi, pour toi, proclamé homme et de plus je me trompais ! C'était toi que je trompais. J'en avais le droit.

IV

Tu me reprocherais sans doute de tromper aussi les hommes, mais n'est-ce pas le lot que tu leur as fait? Peuvent-ils, pourront-ils connaître la vérité et quelle est la vérité pour eux? Ah! malheureuses créatures qui n'ont pour mission sur cette terre que de s'avilir, de s'engendrer, qui y viennent pour manger, pour rire, pour souffrir, pour penser bassement! Je ne pouvais les élever et les éclairer : ce n'était pas de leur condition. Et, de plus, je ne voulais pas recommencer la faute de ce sot de Prométhée : j'aurais ainsi légitimé ta haine et ton injustice. Je me suis contenté de les secourir un peu, d'augmenter, de hausser leur science : je me suis fait — très peu — homme pour diminuer leur petitesse, je condescendis à la théorie de la politique et de la religion. Tu t'es persuadé que j'étais naïf et sincère dans mes œuvres : tu t'es égayé de mes erreurs, de mes ambitions, de l'aridité de mon style : j'étais devenu géomètre.

Eh non! je cachais la splendeur de ma science, de mes idées, j'arrètais les phrases qui me venaient : aujourd'hui je les laisse aller et je te les lance, *avant de te lancer mon âme!*

C'est que je suis arrivé à une suprême victoire!

J'ai été plus habile et plus grand que toi! Pendant que tu me contemplais joyeusement en ma feinte humilité, tandis que ta haine s'enorgueillissait de l'étroitesse de mes conceptions et que, avec un plaisir méchant tu suivais mes errements en ces écrits inédits entassés là-bas, je te plaignais! Je te plaignais de te laisser abuser par de telles futilités, d'activer contre moi l'animosité de la multitude!

Mais l'antipathie, l'étonnement que j'inspirais prouvaient seulement que mon royaume n'est pas de ce monde : tu n'y avais pas fait attention.

Et maintenant je n'ai plus rien à faire ici : je t'ai montré que j'étais plus fort que toi, j'ai écarté de moi les tentations que tu m'as présentées, je me suis dépouillé de l'humanité que tu avais jetée sur moi, j'ai vécu volontairement dans la pauvreté et je me suis construit une existence morne, dont la fadeur sans gloire *humaine* est plus insupportable que le martyre.

Maintenant ma divinité a grandi et s'est fortifiée : tu n'as plus de prise sur moi ; je serais coupable de continuer une lutte où je serais trop sûr de vaincre. Ma puissance est plus grande que la tienne ; elle est devenue terrible en cette paix de la terre. Et ma divinité que j'ai ménagée, que j'ai augmentée est immense, est unique!

Et je pars sans ton aide, malgré toi je m'envole vers mon royaume d'où tu m'as chassé! Cependant, par une modestie que tu admireras, je m'en vais sans éclat, sinon sans mystère : j'ai envoyé mes hôtes écouter tes louanges. Je suis seul à jouir de mon triomphe.

Dieu de bonté, je te salue sur cette terre, c'est à toi maintenant de me saluer, de me redouter — là-haut ! »

... La voix de M. Benoît de Spinosa s'éteignit. Rien ne semblait être changé dans la chambre qui se teintait de gris, et dans l'obscurité qui envahissait tout, seuls les manuscrits de M. de Spinosa mettaient une grosse tache blanche.

V

Les hôtes de M. Spinosa eurent quelque surprise, lorsqu'ils vinrent, au sortir du sermon, lui faire leurs politesses, de le trouver étendu sans vie. La femme eut envie de pleurer parce que c'était un pensionnaire peu gênant, un bien complaisant ami décédé, hélas ! sans confession. Son époux ajouta que l'optique venait de subir une grande perte.

Ils firent venir un médecin d'Amsterdam qui, après un certain étonnement, hésita un peu et haussa légèrement les épaules. Puis il déclara — non sans gravité — que M. Benoît de Spinosa était sans doute plus malade qu'on ne le pensait et que, pour bien le prouver, il était mort, tout à fait mort, — le pauvre *homme!* — ce jour même, vingt-unième de février, l'an du Seigneur mil six cent septante-sept.

26 Octobre 1893.

PARABASE APOLOGÉTIQUE

(NÉNIE, NENNI)

Félix Fénéon.

A Félix Fénéon.

PARABASE APOLOGÉTIQUE

(NÉNIE, NENNI)

————

Je suis venu, calme orphelin...
PAUL VERLAINE.

Je suis tombé, sans le faire exprès, parmi les hommes d'esprit, les hommes de talent et les hommes de génie : ils ont tous été très gentils et m'ont offert des bocks — que j'ai payés.

Ces années, ils avaient été lointains, mais je m'aperçus que, entre eux et moi, il n'y avait que les 17 fr. 65 du voyage — en troisième classe.

J'avais cependant lu leurs ouvrages avec religion, et des temps furent où j'imitai les plus inimitables.

Et des temps furent.

Non, je vous jure, petits enfants de là-bas, il n'y a pas de Monsieur X à Monsieur Y et à Z des kilomètres et des siècles. Vous les rencontrez sur le même trottoir et vous n'avez pas à choisir, à hésiter : ils sont tous là pour qu'on leur permette d'être aimables et pour qu'on leur serre la main.

Moi, j'ai bien voulu.

Il était si simple, n'est-ce pas? de leur serrer la main et de boire avec eux — en ne parlant que d'eux!

Il s'est trouvé qu'ils ont parlé de moi. Et c'était parce que je leur avais parlé d'eux et parce que j'avais lu leurs livres et parce que je les avais aimés : c'était rare!

Mais j'arrivais de ma province, et, pour savoir des choses, je ne savais pas que le secret du talent, du génie et de la gloire, c'était d'ignorer les livres de talent, de mépriser les glorieux génies et de leur taper sur l'épaule en les appelant : « Mon petit ». Donc il s'est trouvé qu'ils m'ont trouvé malin.

Priez pour le pauvre Gaspard!

Malin de n'être pas malin, d'être gauche, d'être naïf, d'être timide, d'être respectueux. Ça ne pouvait pas durer. Ça ne dura pas. Nous ne nous connûmes plus. On me décréta dangereux. Et c'est comme ça que je fus promu homme de talent, homme de génie et homme d'esprit.

Priez pour le pauvre Gaspard!

Eh bien! ce sont tout de même les anciens qui
valent le mieux. Non parce qu'ils sont vieux ou
parce que, doucement, ils s'acheminent vers la vieil-
lesse. Non parce qu'ils ont des œuvres derrière
eux et parce qu'ils ont charmé et formé des âmes,
parce que la vie joua avec eux et leur tira des
larmes et les fit sangloter derrière une haie ou
derrière un rideau et parce que des mortes et des
morts partirent de leurs yeux, de leurs cœurs et
de leurs âmes. Non. Vraiment, jeunes, ils devaient
avoir le même sourire et la même douceur et ils
ne devaient pas être beaucoup plus méchants.
Quelques-uns m'ont été cruels et je le regrette.
J'ai été cruel envers quelques-uns et je le regrette
aussi.

Mais ce sont les jeunes qui sont effroyables!
Lourds, avec des faces de bouchers sournois ou de
garçons coiffeurs féroces et des yeux durs, des
yeux qui reprochent à tout le monde leur hideur
et leur faiblesse, des yeux qui deviennent farouches
de ne rien voir, de ne rien trouver et de ne pouvoir contempler, lorsqu'ils regardent en dedans,
que de l'impuissance et de la torpeur sans talent,
ils vont, ils vont, les jeunes, en troupes — et ce
seront de beaux jours pour bientôt. Et, pour eux,
les lettres sont un métier et leurs yeux sont sans
flamme — et quand, par hasard, ils meurent de
faim, ce n'est pas leur faute. Où es-tu, vertu, et
toi, héroïsme, et toi, poésie? Ah! ces enfants de

dix-huit ans qui marchent, secs et glacés et qui
ne chantent pas, qui ne lancent pas au ciel des
plaintes rythmées et des hymnes et qui ne pleurent pas aux étoiles, mais qui, de-ci, de-là, tirent
en silence un carnet de leur poche et notent un
mot et une épithète et marchent, les coudes en
dehors, vers le petit hôtel ou vers le Palais-Bour-
bon!

Et par la ville quelqu'un se lamente, — qui
n'est pas vous.

« A quoi ça me sert-il d'avoir une belle âme ?
Personne n'en sait rien, que moi. Oui, c'est une
belle âme pour moi tout seul. Et les vieux croiront
que je suis un de ces « jeunes » carnassiers et
ignorants, et les jeunes affecteront de croire que
je suis un vieux de cervelle molle et d'énergie
ânonnante. Vraiment pourquoi avoir souci de ces
gens-là et de ces gens-ci? Je ne puis pas les
détester, je ne puis parvenir à avoir pour eux de
l'horreur. Et je dois faire effort pour arriver à telle
hésitation d'estime, à telle moue et à telle nuance
d'irrespect. Et c'est un effort bien inutile.

Mais qu'importe? J'ai une belle âme. Le livre
qui me plaît le plus est un exemplaire que j'ai du
troisième livre des *Essais* de Montaigne sur la
garde duquel pleure une vieille note manuscrite :
« Ce livre a été donné aux povres incurables de
l'hospice. Priez Dieu pour l'âme du donateur. »
Je me charme à évoquer ces lents moribonds, qui

s'écoutent mourir à lire les pages du vieil amateur, à évoquer leurs larmes devant le : « Oh! un ami! » et leur gêne devant des sourires. Puis, après que je me suis dit — vite — que ces incurables, c'est nous et que cette lecture, c'est nos lectures, je me laisse charmer par des mots de Bourget, de Daudet, de Loti et de France. Et je regarde couler l'eau qui coule. Et j'ai des tendresses et de la tendresse. »

Et que ce livre se termine comme les livres romantiques et comme les vieilles prières : « PAIX AUX HOMMES DE BONNE VOLONTÉ! »

Mars 1896.

FIN

TABLE DES PORTRAITS

TABLE DES MATIÈRES

———

E. GREVIN — IMPRIMERIE DE LAGNY